뒤돌아보니 내가 거기 있었네

뒤돌아보니
내가
거기 있었네

전소빈 에세이집

모퉁이 집에서 머리칼이 날린다
누구를 위한 삶인가   마두금   엄마 없는 결혼식
아버지   큰며느리 자리

백구의 명상   새벽 전화벨 소리
메리 크리스마스   마지막 지하철로   여름밤 아슴다운 기억
주인 없는 강아지   빗물이 괄츠를 춘랐지   거의집 어석   이절 훈정

미국에서 걸려온 전화   사람 꽃다발   추석
회갑 날   할머니와 손자   친정어머니 생신   사랑은 비를 타고
비 맞는 돼지들   어려움이 지나가고 있을 때

새구멍이들 성장기   오월이면 찔롯꽃이 피었던 집
지켜나눔을 되돌릴 수 있다면   완도댁 얼른 와보시소 응, 간 맞제
외외가 끝나는 날   아들들의 이야기

토토, 너의 이름이다   큰손자, 작은손자
어두움 속에서도 내일은 밝아질 거야
IMF, 사랑하는 둘째 아들에게 쓴 편지

인북스

책을 펴내며

　석양이 곱게 엷어져가는 붉은 하늘이 서녘에서 내 나이를 닮아가는가 봅니다.

　뒤돌아보니 거기에 그림자 하나가 눈 위에 찍혀 있어, 언제 밟았던 발자욱인지 가늠하며 헤아릴 수 없이 많은 달과 해, 이슬과 서리의 바뀜에 나를 반추하여 보았습니다.

　대가족이 핵가족화되어 독거노인, 혼밥이 성행하는 세상이 안타깝고, 어른 모시는 일을 버거워하며 아이들이 상전이 되어가는 세상이 과연 옳은가 생각하여 봅니다.

　지난날 저녁상 차려놓고 가족들이 돌아오길 기다리며 된장국 데우고 또 데우느라 졸아버리던 옛날이 그립고, 부모님의 무한한 희생과 깊은 사랑에 너무 늦은 효를 드리고 싶어도 생존해 계시지 않으니 후회와 슬픔이 가슴을 후빕니다.

이 글이 '사람 꽃다발'처럼 외롭고 쓸쓸하고 아픈 사람들의 가슴을 따듯이 보듬어주면서 위로하는 글이 되었으면 하는 바람입니다.

가족의 사랑이 행복한 삶의 으뜸이 되는 평범한 이야기와 가장이 가족 걱정하는 편지, 품 안의 자식들이 비뚤비뚤 적은 어버이날 엽서들을 소중히 간직하였다가 페이지마다 곱게 펼쳐서 자그마한 책을 내놓았습니다.

어려움이 있을 때마다 푸시킨의 「삶이 그대를 속일지라도」라는 시를 기억해보며, 더 밝고 힘차게 살아야 하는 미래를 위해서 뿌리 깊은 고목이 되고 싶습니다.

2017년 7월

전소빈

차례

제1부 사람 꽃다발

제2부 그 사람의 편지

제3부 부모님 전 상서

제1부
사람 꽃다발

모퉁이 길에서 머리칼이 날린다

등 떠미는 바람결에 누구일까 뒤돌아보았다.

젊지는 않지만 무표정에 혈색 없는 얼굴 하나가 나를 쳐다본다. 누구지?

또 머리칼이 눈을 가린다. 아무도 없다.

허망한 자화상인가? 오늘 하루도 미완성인가?

점심에 갈비탕 먹고 열심히 입 헹구고 이비인후과에서 입 쩍 벌리고 목구멍 보이고 나와 스산한 거리에서 고무 슬리퍼 하나 사고, 세일 5천 원에 검정 티 한 장 샀다. 그 옆 세 평짜리 옷가게에서 호기심에 천연날염 삼베옷 구경하는데, 철 지난 삼베드레스가 150만 원이고 홑조끼가 50만 원이란다. 그것도 누군가 예약하고 갔는데 오지 않는단다.

당연하지, 철 지난 옷을 누가 산다고? 미쳤나 봐.

우스개로 "이거 3만 원에 줄래요?" 했더니 펄쩍 뛴다.

인사동에서 파는 깨끼 바느질한 옷이란다.

그건 인정하지만 주인과 객 동문서답이다. 그래도 자기 물건에 대한 자부심이 대단하다.

아까운 자투리 시간을 소비하고 집에 돌아와 털썩 누워 버렸다. 의사 선생님이 지쳐서 생긴 병이니 쉬라 한다.

그런데 영감 저녁은? 또 이번 주 '시와시학' 수업은 갈 수 없어 미안하다고 전화도 해야겠다.

오한이 든다.

뒤돌아보니 내가 거기 있었네

술 만행

금요일 저녁, 터무니없는 약속을 하여 놓고 전전긍긍이다.

월요일 저녁에 술 마시기 내기를 하기로 하였다. 이튿날 온천 가는 약속이 있는데 지키지 못할 약속을 덜컥 해놓고는 걱정이다.

그래도 약속은 약속, 언제 몇 시에 만날까? 전화하였더니, 아파서 누워 있단다. 다음에 좋은 날 만나자고 한다.

휴- 살았다.

젊음도 아니고 철없는 아이들도 아닌데, 이 나이에 자만에 만행이고 목구멍이 펄쩍 뛸 일이다.

젊음에 도전하고픈 오기였지만, 그래, 나 잘났어.

푸푸, 웃긴다.

마두금

몽골 어느 사막. 낙타가 초산의 산고가 심하여 또 어미 배를 아프게 하고 괴롭힐까 봐, 갓 태어난 새끼를 젖 물림 없이 내치는 어미 낙타가 있었다.

낙타의 주인은 새끼를 잃을까 안절부절못하지만, 어미 낙타는 배고파 울며 보채고 곁을 맴도는 새끼를 피하며 발길질했다.

보다 못한 주인이 한나절 길을 걸어 낙타를 달래는 치료사에게 도움을 청했다. 두 부자가 찾아와 낙타 곁에서 아들은 마두금을 켜고 아버지는 노래를 불렀다.

어미를 달래는 구슬픈 마두금 선율과 애절한 노랫소리가 울리니 어미 낙타가 툭, 툭, 툭 굵은 눈물방울을 떨어뜨리며 새끼에게 다가가 젖을 물린다. 세상에서 이렇게 아름다운 광경이 어디 있을까?

어미의 애절한 사랑에 감동하였다. 내 눈도 그렁그렁.

엄마 없는 결혼식

6월 18일, 청명한 초여름날.

○○○, 너의 결혼식이다.

하늘은 맑고 파랗고 모란이 활짝 피고 흰 구름이 솜털처럼 흘러가는 날.

결혼식을 하기에는 최고의 날이다.

하지만 일생에 가장 행복하고 축복받아야 할 날, 엄마가 앉아야 할 자리가 텅 비고 아버지만 외롭고 쓸쓸하게 덩그러니 홀로 앉아 있으니 영락없는 홀아비다.

그래도 신랑은 싱글벙글한다.

그래야지. 오늘 같은 날, 엄마 없는 슬픔이야 속마음에 새기고 동고동락을 같이할 평생 짝 어여쁜 색시를 맞이하는 기쁜 날에 웃어야지.

너의 엄마도 먼 산에서 고운 옷 차려입고 기뻐하며 끝없는 축복을 빌어주겠지.

행복하게 잘 살아야 한다. 건강하고 예쁜 아들딸 많이 낳고 오순도순 화목한 가정 이루도록 하여라.

네가 아깃적 기어다닐 때부터 자라나는 예쁜 모습을 웃음으로 지켜본 아줌마가 엄마 몫까지 너희의 행복을 하늘만큼 빌어준다.

아버지 죄송해요

"아버지!" 오늘이 제삿날이에요. 그립습니다.

머리 희끗한 이 나이에도 아버지를 불러보면 목이 메어 오며 눈물이 흐릅니다.

내리사랑도 아니고 치사랑인데도 큰딸을 제일 사랑하셨지요.

면, 먼 기억 속에 제가 시집가던 날이 떠오르네요.

시가에 상객으로 오셨다가 제가 마지막 하직 인사를 올릴 때 아버지는 눈물을 흘리시며 돌아가실 때까지 소맷자락으로 눈물 닦으시며 차마 걸음을 떼지 못하셨지요.

저도 마루에 주저앉아 새신부가 부끄러움도 없이 흐느껴 울었었지요. 그리고 아버지 모습이 보이지 않을 때까지 대청마루에 서서 하직 인사를 올렸지요.

오래전 어머니가 이런 일화를 들려주셨지요. 제가 아직 세 살 적 이웃집에서 잡아온 조개를 보고 좋아하니까, 아버지는 청명한 일요

일에 강가에 나가 해가 저무는 것도 모르시고 물에 엎드려 조개잡이를 하고 계시더라고요.

또, 함박눈이 펑펑 내리는 겨울밤이면 저희를 아랫목에 빙 둘러 앉히시고 도깨비방망이 이야기, 까치 보은하는 이야기를 끝없이 들려주셨지요. 우리는 아예 달달 외워버렸지만 들을 때마다 왜 그렇게 재미있었는지 지금 생각하면 웃음이 나네요.

또 생각나네요. 새하얀 함박눈이 새하얗게 누비진 이른 아침 동생과 싸웠다고 맨발로 마당에 둘을 세워 놓으셨지요.

하지만 퍽 자애로우셨던 분이셨어요.

그런데도 결혼하고서는 무엇이 그리 바쁜지 자주 찾아뵙지 못해서 죄송하였지요. 아버지께서 자식들, 손자 손녀들을 얼마나 기다렸을까요. 얼마나 보고 싶어 하셨을까요.

너무 늦은 깨달음으로 가슴 치며 후회하였지만 소용없었지요. 저도 늙어가면서 아버지를 닮아가는 듯합니다. 생존해 계셨으면 좋은 대화 많이 하였을 텐데요.

오늘 제사에 참석하지 못해서 죄송해요

날이 춥네요. 솔바람 소리만이 적막을 깨는 선산에서 얼마나 저를 기다리고 계실까요. 가슴 절절히 메어 옵니다.

오늘 밤 효녀가 되지 못하였지만 진지 많이 드세요.

내년에는 꼭 뵈올게요.

큰딸 올림.

큰며느리 자리

　오늘 밤, 94세 되신 시어머니가 쏟아낸 토사물에 똥자루가 된 이불자락과 옷가지를 두 팔 가득 안고서 역겨운 냄새에 토하면서 망연자실했던 나 큰며느리.

　굽이굽이 산모퉁이 돌 듯 살아온 40여 년 세월, 각진 시집살이에 가슴이 까만 참숯이 되어버렸다.

　이제껏 시집살이 몰라준다 해도 서러웠던 시절을 흐르는 강물처럼 흘려보냈건만, 모진 1월의 강풍이 부는 날 시린 손발이 꽁꽁 얼어가며 하루 종일 맨발로 똥 빨래에 시달리는 큰며느리에게 미안하다, 한마디면 언 마음이 따듯이 녹게 될 것을.

　당신이 쏟아 내놓은 오물을 치우는 것은 당연히 큰며느리가 해야 한다는 생각에 섭섭함이 더해 온다.

　작은며느리들이 둘씩 있어도 힘들고 어려운 일은 내 차지니까, 나밖에 할 수 있는 사람이 없으니까, 나도 그렇게 이해하고 있지만 온종일 지친 등허리가 아파서 그만 던져 버리고 싶었다.

내일모레면 나도 70세, 편안해지고 싶은 나이이다.

원래가 고달픈 큰며느리 자리지만, 겨울날의 강취위만큼이나 내 마음도 얼어온다.

한 달 내내 기침에 감기로, 몸살로 고생하였다.

뒤돌아보니 내가 거기 있었네

백구의 명상

아직 봄바람이 새싹들과 동행하지는 않았지만 햇빛이 화창하고 고운 날.

오랜만에 수덕사에 갔다.

가파른 층계를 천천히 오르다 보니, 문득 예전에 보았던 백구 한 마리가 절 마당 가에 앉아서 먼 하늘을 보고 있다.

반가운 마음에 살며시 그 곁에 다가가니 힐끗 한 번 쳐다보고는 깊은 명상에 잠겨 본체만체 의연하게 앉아 있다.

아하, 그러고 보니 법당에서 스님의 독경 소리가 청아하게 들려온다.

전생에 스님이었나, 절에서 살다 보니 부처님을 닮아서 저 불경을 외우고 뜻을 이해하였나, 한곳을 향한 앉음새가 똑바르다.

사람도 저렇게 앉아서 경건하게 기도를 드릴 수 없을 것이다.

다시 태어나거든 중생을 제도하는 부처님으로 태어나거라.

등을 쓰다듬어주어도 눈길 한번 흐트러짐이 없으니, 거참, 사람
이라면 향기 높은 연잎차 한 잔 대접하고 싶은데.

뒤돌아보니 내가 거기 있었네

새벽 전화벨 소리

새벽 전화벨 소리, 영감의 목소리가 전선을 타고 왔다.

"이게 기내 탑승 전 마지막 전화네."

아버지와 작별하느라 막내아들이 하늘만큼 아쉽고 섭섭했겠다.

나도 그랬었지. 큰아들과 손자 손녀와 공항 이별할 때 마지막 안아주면서 왜 그렇게 눈물이 떨어지려고 했었는지, 사랑하는 아이들 얼굴이 흐려져만 왔다.

먼 나라 땅에서 누구의 도움도 없이 옹기종기 모여, 어려움이 있어도 손 하나 뻗을 데도 없이 살아가는 아이들이 마음에 걸렸었다.

그리고 더 오래전 큰아들이 대학원에서 공부할 때 등에 가방 하나 달랑 메고 우리와 헤어질 때, 말없이 돌아서는 그의 뒷모습이 하염없이 쓸쓸해 보여 참아왔던 눈물을 쏟았다.

지금은 큰아들도 불혹의 나이가 되어가지만, 공항에서의 이별은 늘 가슴 미어지게 아팠었다. 엄마와 헤어질 때면 엄마 따라 비행기에 오르고 싶었다고 한다.

가슴 먹먹하구나.
며늘아기야, 시아버지 모시느라 애 많이 썼구나.
너희 식구 늘 건강하여라.

뒤돌아보니 내가 거기 있었네

메리 크리스마스

오늘은 미국 날짜로 12월 25일 크리스마스.

온 가족이 나들이를 했나 보다. 가족과 함께한 여행이 즐거웠다
고 바다 건너 전화선을 타고 영감 목소리가 환하다.

자네랑 왔으면 얼마나 좋았을까?

막내아들, 손자, 손녀, 며느리, 큰아들 인사말이 행복에 겨운 목소
리들이다.

고맙다. 당신은 행복하구려.

꽃다발 꽃다발 하여도, '사람 꽃다발'이 최고.

당신은 사람 꽃다발을 한 아름 안고서 입이 귀에 걸리겠구료.

마지막 지하철표

만 65세, 마지막으로 안산행 지하철표를 샀다.

종착역이 가까운 삶의 시간 끝자락에서 65세 생일날을 맞았다.

마침 오늘 아미가 호텔에서 '무무회' 모임이 있었다.

"내일부터 지하철표는 국가에서 무상으로 주게 되어 공짜 지하철을 타게 생겼으니 얼마나 좋으냐."고 웃으며, 그런데 왜 이렇게 허전한지 모르겠다고 타령 아닌 타령을 늘어놓았더니, 모두 박수를 치면서 한 살 더 먹어버린 생일을 축하해주었다. 화려한 케이크에 형형색색 예쁜 촛불을 켜고 생일 축가까지 불러주니, 오늘 밤 행복이 하늘에 닿았다.

무언가 잃어버린 듯하였던 오늘, 내 생애 최고의 날이 되었다.

여러분께 감사드립니다.

잊을 수 없는 행복한 추억으로 영원히 기억될 거예요.

뒤돌아보니 내가 거기 있었네

여름이 아름다운 파리

'파리', 첨단 유행의 거리.

웅장한 석조 건물이 화려한 샹젤리제 거리의 노천카페에서 풍기는 커피 향기. 오색찬란한 관광객들의 자유분방한 옷차림. 그리고 소박한 가게.

도대체 무엇이 그리도 신비하여 이 도시를 선망하는 것일까?

나도 오늘 화창한 햇빛을 받으며 이 거리를 활보하며 이곳저곳을 기웃거렸다.

또, 우리 명동의 오밀조밀한 가게에서처럼 기념품으로 선물을 사면서 마음씨 좋은 후덕한 아저씨에게 물건값 많이 깎아놓고서도 기념품으로 조그마한 열쇠고리 하나 달라고 조르니, 웃으면서 에펠탑 열쇠고리를 하나 준다.

우리 정 박사가 뭘 그리 달라고 조르느냐고 타박하니 한국말 모르면서도 눈치로 웃어준다.

그리고 세련된 파리지앵처럼 노천카페에 앉아서 에스프레소 한 모금 넘기며 파리 멋쟁이 흉내를 내본다.

하얗고 갸름한 얼굴에 메마른 몸매, 화장을 한 듯 만 듯한 피부에 엷은 루주, 뒤로 질끈 동여맨 연갈색 머리. 색 바랜 바바리코트가 어울리는 남녀 파리지앵들이 우울해 보여도 파리의 멋쟁이들이다.

그래서 낭만이 깃든 이곳을 세계인이 찾는 것인지 모르겠다.

혼자서 즐거운 상상을 하다 보니 나도 모르게 푸우— 하고 웃음을 터뜨렸다. 그 웃음소리에 옆자리의 얼굴이 발그스름하고 뚱뚱한 노인네가 미소를 띠며 뒤돌아본다.

가로수가 미풍에 살랑거린다.

지나가는 나그네 미소도 즐거움에 충만하다.

먼 하늘이 그립다.

어쩌면 늘푸른 소나무 아래에 두고 온, 수만 리 떨어진 사람들을 생각하며 저녁 주방에서 달그락거리고 구수한 밥 푸는 냄새에 된장찌개와 김치 냄새에 침을 한번 삼켰다. 이래 봤자 어쩔 수 없는 서울에 사는 전업주부며, 내일의 미래를 위해 긍정적인 삶을 만들어가는 사람일 것이다.

잠시 재미있는 상상에 빠져 꿈속을 헤맸나 보다.

여기는 멋있는 파리 샹젤리제 거리. 화창한 여름날 파리의 비둘기처럼 뜨거운 열정이 넘치는 거리를 스스럼없이 연인들이 지나가고 있다. 눈부신 햇살이 에펠탑만큼이나 아름답다. 이제는 여길 곧 떠나야 할 것 같다. '우리 집'으로.

　이제는 좀처럼 여기 오기 어려울 것 같다.

　언젠가 파리가 그리워지면, 홀쩍 미로 같은 명물 지하철 타고서 들꽃 향기 넘치는 남프랑스 여행을 떠나는 꿈을 꾸고 있을지도 모르겠다.

강아지를 입양하며

　단골 동물병원에서, 위탁된 강아지 한 마리가 있는데 키워보지 않겠느냐고 물어온다. 어떤 외국인이 깊은 병 치료를 위해서 본국으로 돌아가면서 좋은 주인 만나면 건강하게 키워달라고 위탁한 개라며 선을 보인다.

　이름은 '나타리', 나이는 약 8개월, 크기는 진돗개 정도. 비싼 순종이 아니고 못생겨 사람들이 반려견으로 싫어한단다.

　똑같은 반려동물인데, 잡견이면 어떻고 순종이면 어떤가. 모두 귀한 생명인데, 어찌 그리 편견을 가질까. 우리 인간도 차별화되고 편견으로 부당한 처우를 받는다면 어떤 기분일까.

　거두고 있는 강아지들이 네 마리인데 어떻게 할까 고민하다가, 데려오기로 결정하고 강아지를 보았다. 흰털은 다 빠져 듬성듬성하며 뼈만 앙상하지만, 눈만은 동글동글 까만 게 참 예쁘다.

　새 식구가 될 나타리를 위해서 주변 환경을 깨끗이 하고 데려왔

　　　　　　　　　　　　뒤돌아보니 내가 거기 있었네

는데, 문제가 생겼다. 나타리가 식탐이 얼마나 많은지 먹고 또 먹고 남의 몫까지 흡수하고 계속 설사를 한다. 그동안 못 먹어서 그럴까.

　병원 약을 먹여도 소용이 없고 애태우더니 일 년쯤 지나니 식탐이 줄고 복슬복슬한 연갈색 털이 참 예뻐졌다. 성격도 명랑해서 마냥 재롱도 부린다.

　나타리를 데려오지 않았으면 안락사시켰을까?

　자그마한 생명을 지켰다는 것에 기쁨과 감사를 드린다.

빗물이 왈츠를 추는데

버스 천장에서 비가 뚝뚝 떨어진다. 하필이면 내 머리 위에서.

왜 이런 날 고장 난 버스를 배정받았을까? 운전기사의 얼굴도 기분이 좋지 않은 표정이다.

그래도 승객들은 항의 한마디 못하고 짜증도 없다.

괜히 나만 우울해진다.

내일인 친정어머니의 생신을 위한 나들이였지만, 차창 밖으로 흘러내리는 세찬 빗줄기가 안개꽃을 피우니 안개꽃 같은 생각만 하고 싶다.

빗줄기가 흔들리는 나무들과 손을 맞잡고 넓은 홀을 휘돌아가는 4분의 3박자 비엔나 왈츠를 춘다.

고속버스도 미끄러운 고속도로 위에서 춤을 춘다

어머니 곁으로 가는 길이 빗물인 탓인지, 추워서인지 차창에 비친 내 얼굴이 하얗다.

뒤돌아보니 내가 거기 있었네

흰 드레스 끌면서 나도 춤춰 볼까?

고속버스터미널에서 어머니가 기다리고 계실 것 같다.

엄마, 나오지 마세요.

그리운 고향길을 터벅터벅 걷고 싶네요.

착한 일주야

 손자 일주가 할머니 집 오는 지하철 안에서 할머니께 갖다 드린다고 파스 한 개를 천 원 주고 샀는데, 장사하시는 아저씨가 여섯 살짜리 꼬마가 기특하다고 한 개를 덤으로 주었다고 한다.

 일주야 고맙다.

 건강하게 잘 자라야 한다.

 그리고 오래오래 살아 일주 장가드는 것도 봐야겠구나.

뒤돌아보니 내가 거기 있었네

숭고한 수색견의 희생

  겨울 어느 날, 텔레비전 채널을 돌리다 내 눈을 고정시켰다. 잘생기고 똑똑해 보이는 수색견 한 마리의 사진 때문이었다.

  어떤 군인과 함께 베트남에서 마지막으로 찍은 사진이라고 했다. 사진을 보여주며 군인은 개 이름은 '클리퍼'인데, 자기의 생명을 지켜주었지만 베트남에서 미국으로 귀향할 때 자신과 같이 동행하지 못했다고 했다. 그는 떠나는 자기를 하염없이 슬픈 눈으로 쳐다보던 그 개가, 자기가 다가가면 금방이라도 앞발로 일어서서 반길 것만 같아서 차마 뒤도 돌아보지 못하고 돌아왔다고 울먹이며 이야기했다. 남겨진 클리퍼가 죽더라도 베트남이 영원한 안식처가 되어 편안히 죽었으면 좋겠다고 말했다.

  베트남 전쟁에 파견된 수색견은 약 4,000마리. 그들의 활약은 대단해서, 군견들이 없었다면 아마 국립묘지의 묘비에 만여 명도 더 넘게 군인들의 이름이 새겨지게 되었을 것이라고 했다. 그들은 군

수색견이 아니라 한 사람의 군인이나 다름없으니 추모해주어야 하는데, 그들이 살아 돌아온다고 하여도 안락사시킨다고 했다.

그리고 미국 어느 공원에서는 높이 세워진 한 마리 개의 동상 앞에서 군인들이 거수경례하며 고개를 숙이고 눈물을 흘리고 있었다. '애완견들이 아니라 조국을 위해서 목숨을 바친 한 사람의 군인들'이나 다름없다고.

인간들을 위해서 목숨을 희생하는 동물들은 수색견들만이 아니다. 해양 전파탐지를 위해서 돌고래도 훈련을 시킨다고 하지 않는가. 그 외에도 실험실의 동물들, 서커스단의 사자나 코끼리, 동물원의 동물들. 자유도 없이 비좁은 공간에 갇힌 채 인간의 편리와 이기심을 충족시키기 위해서 자신들의 삶을 희생당하는 동물은 수없이 많다.

자신들이 바라는 삶을 누리지 못하고 구경거리와 웃음거리가 되어 존엄한 생명의 가치를 잃어버린 채, 자연 속 드넓은 초원에서 마음껏 뛰어놀 수 있는 자유마저 박탈당한 그들을 향해 우리는 무슨 말로 위로할 수 있을까.

그들도 태초에 인간과 똑같이 에덴의 동산에서 생명의 존귀함과 살 권리를 가지고 태어났으며 노아의 방주에서도 생명의 구함을 받지 않았던가. 그런데 인간에 의해 학대받고 방치되어 피해자가 되었으니 상생을 위해 노력해야 하지 않을까?

오염된 환경으로 자연이 파괴되어 가지만 수수만년이 지나도 꿋꿋하게 종을 지켜가며 멸종당하지 않길 바란다.

인간이 너희와 더불어 살고자 할 때 풍요롭고 아름다운 세상이
될 것이다.

인간들의 장수를 위해 희생되는 실험실의 동물들에게도 용서를
빈다.

까치집 이사

작년 매화나무 가지 높은 곳에 까치 부부가 열심히 들락날락하며 긴 막대기를 물고 와 얼기설기 둥그렇게 둥지를 둘러쳤다. 틈 사이 사이로는 잔가지를 빈틈없이 메꾸어 큰 거성을 만들더니, 털갈이하느라 빠진 강아지 털을 물어 날라 둥지 안에 깔아서, 근사하고 튼튼한 보금자리를 만들어 새끼들과 잘 살았다. 그런데 어느 날 까치집을 쳐다봤더니 반이 헐리어 나가고, 또 어느 날 외출에서 돌아왔더니 아예 흔적도 없이 사라져버렸다.

기가 막히고 서운하고 괘씸했다. 그동안 신세를 지고도 이사한다고 인사도 없이 사라졌느냐고 탓하고 싶지만, 주소를 모르니 찾을 수도 없어서 내년에 다시 와서 집 지어 살기를 바랄 뿐이다.

하긴 자기들도 무슨 사연이 있었겠지. 고양이가 알을 훔쳤든지, 괴롭혔을 수도 있을 것이다.

조류에 관한 서적을 찾아봐야겠다.

이불 홑청

"툭, 툭" 가위로 실을 따내는 소리가 고즈넉한 적막을 깬다.

엷은 때가 묻긴 했지만 아직 고운 하이얀 이불 홑청을 뜯어내느라 극성이다. 겨우 한 달 정도 된, 아직 사그락사그락하는 것을 빨고, 삶고, 풀 먹이고, 밟고, 개키고, 다리미질하고, 시침질해서 새 이불로 탄생시키고 나면 뿌듯하지만 내가 왜 이 고생을 하고 있지?

쓸고, 닦고, 정돈하고……. 깨끗해야 직성이 풀리는, 결벽증에 가까운 나 자신 때문이 아닐까?

고생을 사서 한다는 말이 있다.

편안하게 살자. 아프면 참지 말고 병원에도 가고, 사나흘씩 누워서 아야 하고, 영감이 해주는 밥도 받아먹고. 그게 재미있어서 고개를 살짝 모로 돌려 몰래 웃어도 보고.

때때로 꾀병을 앓아도 볼 만하겠다.

미국에서 걸려온 전화

점심때쯤 큰아들한테서 전화가 걸려왔다.

그냥 안부 전화라고 했지만 혹시 무슨 어려움이 있어 전화하지는 않았을까, 염려스러운 마음이다.

큰아들한테서 걸려오는 전화는 왜 이리도 가슴이 시려오는지 모르겠다. 겨울 삭풍에 나목의 잔가지들이 흔들리는 허허로운 빈 들에서 벼 이삭이 사락대는 것처럼.

형주야, 잘 크고 있지?

할아버지 할머니 보고 싶어 한다지? 할머니도 네가 보고 싶단다.

가을에 가면 많이 업어줄게.

사람 꽃다발

삼일절 연휴라서 마땅히 갈 데도 없고 하여 온양온천에나 다녀오
자고 길을 나섰다. 온양에 거의 다 왔을 무렵, 동생한테서 어머니가
편찮으시다고 병문안 가자고 전화가 왔다.

목욕 가방 하나 달랑 들고 입원해 계시는 시골 병원으로 한달음
에 달려갔다.

동생들은 이미 도착하여 온 병실이 사람 꽃다발로 만발하였다.

누군가 이렇게 말하였다.

"꽃다발, 꽃다발 하여도 사람 꽃다발이 제일 향기가 좋아."

어머니 좋겠어요. 자식들이 한자리에 모였으니 빨리 회복하여 어
서 걸으세요.

앞을 잘 보시고 다시는 이런 교통사고 당하지 마세요.

추석

이번 추석은 오붓하고 흐뭇한 명절이 되었다.

9·11 테러 사건 때문에 큰아들 가족이 한국에 못 올까 봐 노심초사했는데 다행히 올 수 있었기 때문이다.

우리는 큰아들과 중대한 결정을 해야 할 일이 있었다. 앞으로 우리의 삶과 생활에 변화가 생길 것이지만 아이들에게도 인생의 전환점이 될 중요한 일이기 때문에 신중하게 결정해야 했다.

큰아들은 공부가 다 끝나면 귀국하지 않고 미국에서 취업해서 아이들 교육시키며 문화를 배우며 얼마간 살다 돌아오겠다고 한다. 부모 된 마음이야 손자들 손발 씻기고 재롱 보면서 부대끼는 일이 있더라도 같이 살고 싶은데, 의지할 곳 하나 없는 곳에서 아프면 어쩌나, 궁핍하여 어려움을 겪지 않을까 안쓰럽기만 하다. 노파심에 단안을 내리지 못하고 갈등하느라 잠을 못 이루었다.

어느 부모가 자식들을 멀리 떠나보내고 싶겠는가? 심사숙고한 끝

뒤돌아보니 내가 거기 있었네

에 허락하였다.

　저 아이들이 생각지 못할 고초가 태산 같을 거고 난파된 배가 파도에 밀려올 수도 있다. 수천 가지의 당부가 생각나고 짠한 마음에 가슴 저린다. 그렇지만 잘 극복해 나갈 것이라고 믿어야지, 미리부터 겁낼 필요는 없다고 자위하여 본다.

　큰아들 가족이 미국으로 떠나는 날, 큰손자가 할머니 집에서 하룻밤만 더 자고 가자고 조른다. 끝내는 출국장에 들어가다 말고 뒤돌아서서 할아버지 할머니랑 미국에 같이 가자면서 눈물을 그렁그렁하며 애처롭게 쳐다본다.

　그 얼굴이 화인이 되어 가슴을 지진다.

　뒤돌아보는 아이들을 내 품에 꼭 안아주고 싶다.

회갑 날

내 회갑이 든 해에 예쁜 손녀가 태어났다.

할머니와 손녀가 띠동갑이니 경사스러운 큰 인연이다. 저녁에는 친정 식구들을 초대하여 조촐한 저녁상을 차리고 옛이야기에 정담이 별빛이다.

막냇동생은 "누님, 우리 큰 누님. 부모 같은 누님이 벌써 이렇게 환갑이 되었고 주름이 졌네요." 내 등을 가만가만 두들기면서 눈물을 훔쳤다.

어렸을 적에는 "성, 성" 하고 불렀었지.

막내아들은 어떻게 알았을까? 좋아하는 카키색 머플러를 사 가지고 와서 목에 감아준다. 머플러 살 때 목에 매는 법도 배워 왔단다.

이렇게 좋은 날에 큰 자식이 없으니 한쪽 가슴이 텅 빈 것 같다.

행복하고 좋은 일이 있을 때면 그 빈자리가 서글퍼진다.

뒤돌아보니 내가 거기 있었네

할머니와 손자

멍멍아, 나 일주야, 안녕.

거멍이한테 말도 건넬 줄 알고 키도 훨씬 자랐다. 부지런히 걷는 모습이며 새끼 제비처럼 입 크게 벌리고 먹는 모습이 귀엽다.

할아버지 할머니 사랑은 손자라지만, 오늘 한낮 그늘 없는 길을 내 손을 잡고서 타박타박 걸으며 흐르는 땀을 한 손으로 닦아가며 칭얼거리지도 않고 더위를 참는다.

잘 자. 내일 엄마 만나는 꿈 꾸면서.

오동포동한 작은 몸이 내게 기대어 잠이 든다.

왼쪽 발은 할아버지 닮았고 오른쪽 발은 할머니 닮았고, 오른손은 할아버지 닮았고 왼손은 할머니 닮았어요.

그래서 할머니가 손 씻겨줘야 해요.

친정어머니 생신

어머니 이름인 '이부름'은 원래 보살이라는 뜻입니다.

유년의 기억이 많은 '집으로 가는 길'은 왜 이렇게 좋은지 마음이
편안합니다.

어머니 많이 잡수세요.

큰딸이 사드리는 고기를 잡수시며 "먹고 싶었단다." 하신다.

내년에도 딸들이 등도 밀어드리고 꽃구경도 시켜드릴게요.

'어머니, 어머니'.

뒤돌아보니 내가 거기 있었네

사랑은 비를 타고

여름비가 밤새도록 쉘부르그의 우산처럼 내린다

몸이 아파 잠이 오지 않는다.

그 사람은 어디쯤 하늘을 날고 있을까? 박사학위 일로 파리행 에어프랑스를 탔다.

출국장에 들어가야 할 촉박한 시간 속에서도 앉아 있는 내 손을 살며시 잡고 빙긋 웃으면서 "나 없는 동안에 잘 있으소. 내가 자네를 파리로 초청했으니 다음 주에 꼭 오소." 하면서 손을 놓고 출국장으로 들어간다

그러는 동안 나는 퉁명스럽게 "그래 잘 가. 다음 주에 봐." 했다. 뒤통수에 대고.

참, 나도! 멋없는 작별인사였다.

우리 아직 젊었을 적, 가시내 머슴애였을 적에 당신은 나에게 그랬었지요. 당신의 미소가 고왔었다고.

그리고 우리는 '파(波)'와 '진(珍)'으로 많은 편지를 주고받았었지요.

또 네 아이의 엄마 아빠가 되고, 세월이 흐르고, 어려운 난관을 극복하고 밤새도록 손깍지 꼭 끼며 살았었지요. 손 놓으면 잃어버릴까 봐.

아직도 내리는 밤비가 추억 속을 엉금엉금 기어 다닌다.

비 맞는 돼지들

늦은 저녁 귀갓길.

오늘따라 항상 오던 길이 아닌 사당동 길로 들어섰다.

하늘은 잔뜩 먹구름이 끼고 어두워져 가고 있는데, 문득 후두두 후두두 세차게 차창을 때리는 빗소리에 놀라 밖을 보았다. 어떤 커다란 대형차가 옆을 지나가기에 무엇일까 하고 유심히 봤더니 희끄무레하게 빼곡히 실린 돼지들이 앉지도 못하고 선 채로 흔들리며 소리를 지르고, 세찬 소나기를 맞아가며 웅크리고 있었다.

아ㅡ 아, 나도 몰래 가늘게 비명을 지르며 눈 감아 버렸다.

내일 도살이 될지언정 내리는 찬비를 막아주지 않은 비정한 처사가 지금도 뇌리에서 지워지지 않는다.

우리가 육식을 줄일 때 친환경에 한 걸음 더 다가가지 않을까?

돼지고기가 싫어졌다. 그래서 지금도 그 슬픈 기억 때문에 돼지고기를 별로 먹지 않는다.

동물들은 슬프다

인도네시아에서 일어난 산불 때문에 보르네오섬의 귀한 밀림이 타버리고 말레이시아까지 그 연기로 인한 피해가 크다고 한다.

그 밀림과 숲에 살던 수많은 동물이 죽고, 보금자리를 잃고 갈 곳을 잃은 동물들은 고통스러움에 얼마나 울부짖었을까?

숲에 일부러 불을 질러 개간지를 만들려 했던 인간의 이기심과 잔인함에 분노가 치민다.

우리와 다른 언어를 구사하고 불을 사용할 줄 모를 뿐, 뛰어난 모성애와 가족애를 자랑하는 그들은 사회성이 강하고 위계질서를 지키고 지혜와 사랑스러운 본능 등을 두루 갖추었다. 다만 생존을 위해서만 약육강식이 있을 뿐, 거짓과 비열함이나 위선은 그들에게서 찾아볼 수 없다.

그러한 동물들이 죄 없이 수난을 당한다. 그들도 태초에 우리와 똑같이 신으로부터 소중한 생명을 부여받고 태어나, 축복받으며 이

뒤돌아보니 내가 거기 있었네

땅에서 살아갈 권리가 있다. 이러한 그들과 공존하며 평화롭게 더불어 살아갈 때 세상은 적막하지 않고 풍요로울 것이다.

산불로 인해 새끼 오랑우탄이 어미를 잃고 배고픔에 죽어간다. 불쌍한 숲의 사람들 유인원.

코끼리 떼들은 방해하지 말고 도망가도록 내버려두라는 인도네시아 정부의 당부가 그나마 다행이라 생각하며 위안으로 삼는다. 앞으로 이런 슬픈 비극이 일어나지 않기를 빈다. 숲의 동물과 더불어 살 때 우리의 미래도 희망이 있을 것이다.

우리나라 강원도 고성에서도 산불이 나서 자식들 교육에 이바지한 9년생 암소가 무릎을 꿇은 채 불에 타 죽고, 피신한 소들도 중화상을 입고 피를 흘리며 숨어 있었다는 기사가 보도되었다. 주인이 넋을 잃고 소를 어루만지고 있는 모습도 보였다.

30분이라는 대피할 시간이 있었다는데, 뜨거워서 몸부림치며 달아나려 얼마나 애썼을까? 뜨거운 불길에 구슬프게 울며 고삐를 매어 놓은 주인을 얼마나 원망하였을까? 어떤 희생을 무릅쓰고라도 소들을 도망시켰어야 했는데, 사람만 살려고 도망친 것은 아닐까?

신문을 덮으며 나도 울고 있었다.

억울한 그들의 넋에 인간으로서 사죄한다.

어려움이 지나가고 있을 때

　IMF가 짙은 어두움이 되어 어려운 경제로 국가와 국민이 시련의 늪에 빠졌다. 구조조정으로 인하여 많은 젊은 인재들이 직장을 잃고, 회사가 문닫는 바람에 삶의 터전을 잃고 가정이 곤궁으로 내몰리는 가슴 아픈 사연들이 날마다 뉴스에 넘쳐났다.

　뜻하지 않았던 이 어려움은 우리 가정에도 큰 풍파로 돌개바람처럼 다가왔다.

　큰아들 부부가 미국에 유학하고 있었는데 큰며느리는 아기를 가진 몸이었고, 둘째 아들 부부는 영국에서 공부하고 있었다.

　우리 부부는 매일 매시간 바뀌는 환율과 높은 파운드화 시세에 넋이 빠져 한숨이 그치지 않고 일이 손에 잡히지 않았다. 아이들을 위해서라면 우리의 생활이야 곤궁에 빠져도 괜찮은데, 큰 뜻을 세우고 높이 나는 새가 멀리 본다는 갈매기의 꿈을 좇아 배움의 길을 떠난 아이들인데, 뒷바라지를 못 해서 학업을 포기하고 돌아오면 어떻게 하나 노심초사하며 밤을 지새우기가 하루 이틀이 아니었다.

어제는 미국, 영국에서 전화가 왔다. 아르바이트를 해서라도 학비와 생활비를 보태겠다고 하지만, 큰며느리는 임신 중이어서 잘 먹어야 하고 심신이 안정되어야 하는데 걱정이 앞선다. 저희도 어려움과 걱정이 많겠지.

언젠가 궁여지책으로 쓸 만한 금장 새 시계가 있어서 모 백화점 시계포에 가지고 갔더니, 누가 이렇게 어려운 때에 이런 좋은 시계를 제값을 주고 사겠느냐며, 그냥 간직하시는 게 헐값에 파시는 속상함이 없을 것 같으니 내놓지 마시라고 했다. 내 마음이 다칠까 봐 조심스럽게 말씀하시는 나이 드신 그분 말씀에, 뒤돌아서는 내 눈에서 눈물이 고여왔다.

이런 시련과 위기를 극복하고 모두가 학업을 끝내서, 지금은 큰 아들은 미국에서 안주하고 둘째는 한국으로 돌아와 아버지 사업을 돕고 있다.

달이 구름을 벗어나듯이, 비 온 뒤에 해가 나듯이 우리의 삶은 행과 불행을 뒤바꿈질한다. 아무리 희망이 멀어 보일지라도 그 끈을 놓치지 않고 노력한다면 이상과 꿈을 성취하면서 살아갈 수 있지 않을까?

인생은 평탄한 길만 있는 것이 아니다. 어느 때는 돌밭에 발이 채여 발부리가 아파오고, 우산을 잃어버리고 추위에 떨기도 하지만, 어떤 날은 햇빛이 찬란한 빨간 아네모네 피는 들판이 있고, 가을바람 속에 피어난 보랏빛 들국화가 기댈 수 있는 언덕도 만날 것이다. 지친 다리를 계곡물에 담그고 긴 시련 이겨냈다고 할 수 있는 여력도 생길 때가 있을 것이다.

인내와 긍정적인 사고만 갖춘다면 큰 성취를 얻을 것이다.

자식들아, 너희 때문에 마음고생 많이 하셨던 아버지께 큰 감사를 드려라.

10월 계룡산의 품에 안겨

이용의 '10월의 마지막 밤'이 아니라도 갈색 낙엽에 업혀 아무 데나 떠나고 싶은 계절.

아침에 공주행 6시 40분 첫 버스를 타고 공주에서 갑사까지 택시 타면 9시 도착, 갑사에서 금잔디 고개까지 산바람과 동행하면 이른 점심시간이다.

금잔디에서 작은 고개를 두 개 넘으면 동학사 가는 길 중간 쉼터, 거북바위가 있다. 생김새가 다른 거북이가 여자 거북 등 위에 앉으면 복 받는다는 재미있는 전설도 있다.

동학사 버스정류장에서 대전행, 온천 하고 서울로 귀가하면 밤 9시에서 10시다.

더 젊었던 시절에는 배낭 하나 달랑 메고 산악회 따라다니며 소낙비에 목욕하고, 함박눈 맞으며 지리산 천왕봉에서 미끄럼 타고 하산, 젖은 속옷 바지 때문에 감기에 떨었다. 가을 설악산은 새벽 3시 용대리에서 김밥 하나, 물 오이 등 배낭에 넣고 손전등에 의지하여 백담사 - 수렴동 - 소청봉 - 중청봉 - 대청봉 - 오색약수터 하산 (오후 5시), 총 14시간을 아름다운 단풍산을 헤매고 다녔다

눈 내리는 내장산, 산사의 밤이 그립다.

산 타기 시작한 지 어언 30여 년. 이제는 대머리씨 때문에 심장병이 악화되어 의사가 가볍게 등산하라고 권한다.

계룡산의 아름다운 사계도 늘 나를 맞아 준다. 봄이면 신록의 산 내음이 심신을 순화시키고, 여름이면 땀방울 식히라고 바위 방석 내주며 가지마다 어깨동무하고 계곡물과 킬킬 사랑싸움하며, 가을이면 색동옷 입은 엄마들이 분신들 껴안고 추위 견디라는 어미 당부 받으며 가랑잎 떨며 떠나고, 겨울엔 백설 나라 등산복도 하얗다.

아침 거른 반나절, 배고프다. 배낭 뒤져 먹을 것을 내놓으니 높새바람이 내 곁에 같이 머물고, 낙엽도 덩달아 앉으니 심심치 않다. 오늘따라 멀리 있는 자식들 걱정에 이마에 팬 주름살 들여다보며 세월이 많이 흘렀나 보다고, 앳되어 보였던 얼굴이 할망구가 되었다 하면서 괜한 주름살 타령이다.

갈색 커피향과 솔향이 건너 반야봉을 넘어가고 있다.

뒤돌아보니 내가 거기 있었네

개구쟁이들 성장기

　오랜만에 오후의 한가한 시간이 있어, 아이들의 유년 시절 보물 창고였던 책상 서랍 속 잡동사니를 정리하다 보니 오래된 사진첩, 편지 쓰다 만 노트, 뿔자, 색종이, 병정놀이 장난감, 구슬 등 성장기 만큼이나 다양한 물건이 가득하다.

　책상 서랍 속 뾰족이 심통 나서 삐친 얼굴 하나가 튀어나와 편지 묶음을 전한다. 어버이날이면 보내오는 "엄마 사랑해." 꾹꾹 눌러쓴 서툰 글씨들이 사랑밖에 모르는 아이들의 속마음인 양 손때가 묻은 채 너울거리는 책 속에서 눈시울 젖게 한다.

　미운 일곱 살을 필두로 개구쟁이 4남매. 날마다 난장판에다 피아노 레슨 시간만 되면 사라졌다가 저녁 시간에야 돌아왔고, 여름방학 숙제는 뒷전인 채 남의 텃밭에서 주먹보다 더 작은 애호박 따오기, 흙바닥에 퍼질러 앉아 놀기, 진구렁창에 빠져 오기, 여름날 생쥐 얼굴에 눈, 코만 씻기.

얼굴이나 다리에 큰 상처 내어 돌아오면 피 묻은 아이 둘러업고 뜀박질했던 날들. 오죽하면 의사 선생님이 너하고 나하고 단골 하면 안 된다 하였던 말들. 사건 사고가 날마다 일어났던 집, 이제는 썰물이 되어 갯벌에 빈 조개껍데기만 남은 아이들의 목소리에 문 여닫는 소리만 메아리가 됐다.

'동작 그만!'

세월이 뜀틀이 되었나 보다.

저 아이들을 어떻게 키웠지? 지지고 볶고 잔소리에 겁박하여도 저녁 먹자마자 잠들어 버린 아이들이 사랑스러워 이마, 볼 쓸어보며 흐뭇한 미소로 희망을 보고, 건강하게 자라나는 기쁨을 느꼈었다. 송사리 떼 같은 품 안의 자식들을 부둥켜안고 있을 때가 행복의 정점이었던가 보다.

이제 가족을 만들어 떠나가고 그 빈자리에 한 올 한 올 흰 명주 실꾸리가 된 머리카락에, 굽어오는 등, 짧은 손톱에 굵어진 손마디가 훈장이 되었다.

비 오는 날엔 우산이 필요하겠지만, 맨몸으로 소나기도 맞아보아라. 살아가야 할 긴 여정의 삶이 녹록지 않을 것이다.

너희를 위한 지침서다. 이 덕목을 지켜라

1. 최선을 다하여 순리를 따르고(긍정)

2. 타인의 상처와 아픔을 내 것처럼 하여라(배려)

뒤돌아보니 내가 거기 있었네

3. 나를 낮추고(겸허)

4. 남을 탓하지 말고 작은 것에 감사하여라(감사)

5. 오늘이 끝인 듯 정직하고 성실하게 살아라(진심).

오늘 하루가 힘들지 않았느냐? 편히들 자거라.

오월이면 창포꽃이 피던 집

늦가을 포근한 오후, 아침에 서리가 내렸는지 따뜻하다.

손에 책을 들고 졸기 좋은 날, 유리창으로 성큼 발 디디는 햇볕 따라 국화 향이 뒤따라 들어온다.

고향 야산에는 억새가 누비칠 것이고 텅 빈 들에는 벼 낱알들만 흩어져 있겠지. 마음이 먼저 가 있는 그곳에는 유년의 꿈이 있고 미래의 희망이 부풀었던 곳이다.

또 사랑하는 부모님이 계셨고 서로를 아끼고 위해 주었던 형제, 자매가 살았던 곳이다.

봄이면 울타리에 향긋한 하얀 탱자꽃이 피고, 담 밑에는 노란 창포꽃, 머윗대가 어우러졌다. 풍요로운 텃밭에 싱싱한 상추, 채소가 자라는 여름이면 큰 호두가 빗소리를 내고, 가을이면 주황색 감이 주렁주렁 홍시 앉혔으며, 붉은 석류알 옆구리 가죽 터지는 작은 비명은 겨울이 오는 소리였다. 책장 넘기려 등잔불 심지 돋우고 눈 들어 볼 때 달 밝아 영창으로 석류 잔가지 그림자 지면 책을 덮었다.

왜 귀뚜라미는 섬돌 밑에서 그렇게도 울어대고 기러기는 왜 그렇게 처량하게 갸웃거리면서 빈 가을 달밤을 날아갔는지. 또 군불 지핀 방이 식어가고 별들도 얼어가고 있을 때쯤, 먼 기적 소리 스산하여 이불자락 끌어당겼다.

이제는 해 넘김 속에 파묻힌 마음의 고향이 되어 버렸다.

그리고 그곳에는 늘 아버지가 계셨습니다.

초등학교에 입학하였을 때 갈색 종이로 공책을 노끈으로 매어 주시고 셈본, 한글을 가르쳐 주시며 좀 더 자라서는 한자문 가르쳐주셔서 어려운 신문도 읽게 하여 주셨지요.

그리고 6·25 때 고아들을 데려다 키우자고 하셨던 자애로운 분이셨지요.

아버지는 함박눈 내리는 겨울 아침, 따듯한 밥상에 앉으시면 생선 살을 발라 수저 위에 얹어주시고, "어두진미란다" 하시며 생선 머리를 잡수셨던 아버지.

그때는 정말 생선 머리가 맛있는 줄만 알았는데, 지금 생각하면 뼈만 있지 먹을 살도 없었다는 걸 제가 부모가 되어서야 알았으니 죄송함에 머리가 숙어집니다.

그리고 말년에는 녹내장으로 보행이 자유롭지 못하여 시댁 식구들이 민망하여 큰딸 집에 오시지도 못하셨지요. 모시지 못했던 지난날이 가슴 치는 회한이 되어 "아버지!" 하고 부르는 것만으로도 큰 슬픔으로 눈물을 흘립니다.

은혜를 잊어버린 불효녀가 되어 버렸습니다.

큰딸을 사랑으로 키워주셨던 근심거리 없었던 행복한 어린 시절로 되돌아갈 수 없는 마음만 머무는 고향이 되어 버렸습니다.

어려움이 있을 때마다 조그마한 버스터미널에 마음 하나가 버스에서 내리곤 합니다.

지금도 편안과 위안이 거기에 있습니다.

아버지!

이 글을 쓰고 있는 지금도 눈물이 흐릅니다.

바람에게 주소나 알려주렴

바지씨, 무엇이 그리 바쁘게 가야 할 일이 그곳에 있었더냐?

자애로움으로 희생하며 아끼고 사랑하는 자식들을 슬프게 남겨놓고 교통사고로 생의 빛 속을 떠나버렸구나.

바지씨, 큰 키에 늘 아무렇지도 않게 바지만 입고 다니기에 우리는 널 바지씨로 불렀지.

자유롭고 소탈한 너, 외로워 보이지 않으면서 외롭게 앉아 시린 웃음을 짓고 맑은 소주잔을 들던 네가, 그날 오후 나를 찾는 전화가 마지막이 될 줄도 모르고 통화를 못했으니 안타깝구나.

5분만 더 일찍 집에 돌아왔더라면 너의 목소리를 들을 수 있었을 텐데. 세상일이 한 치 앞을 알 수 없구나.

벗, 회상하고 싶구나.

아주 어렸을 적 너희 집에서 친구들과 수다 떨다 잠들려 했을 적, 네 언니가 추우니 밤중에 바깥 화장실에 가지 말라고 요강을 방안에 들여 줬는데, 새벽에 보니까 '쉬야'가 방바닥에 흘러넘쳐서 그 민망함에 놀라 새벽에 몰래 집으로 도망왔었지.

그때가 재미있었지. 백발이 성성하실 네 언니가 살아계시면 식사 대접이라도 해드리고 싶구나.

그리고 더 훗날 너의 큰아들한테서 청첩장이 왔더구나. 네 막내 아들 장가가는 아름다운 글이었지.

네가 막내며느리 보는 날, 너 보듯 예식장에 들어서니 캐나다에서 온 네 딸이 반가움에 내 손을 덥석 잡으며 눈물을 글썽이더구나. 나를 엄마 보듯 했겠지.

지란지교의 벗, 쓰라린 말 하고 싶어 속상한 날, 우울한 날, 시외버스 정류장에서 나를 기다리며 먼 길 동행하며 말없이 왜 그러느냐고 한마디 묻지도 않았지.

훗날 "이 바보야 아프면 아프다고 비명도 지를 줄 알아야 한다"고, 너무 아파하지도 상처받지도 말라고 이심전심으로 마음을 들여다보며 의정부 길을 오가며 둘이서 말 한 마디 없이 차창 밖만 보며 갔다 돌아왔던 때가 있었지.

네가 보고 싶다.

거기에는 시간이 존재하지 않으니 59세 그대로 아직 청춘이네. 나 생각하고 웃어 봐.

저녁 시간이 되어가는지 서산에 네가 좋아하였던 붉은 해가 기울어가는구나.

저녁 준비를 해야겠구나. 오늘 저녁에 맛있는 음식 장만하여서 너를 초대하여 소주 한잔 대접해주고 싶은데, 있는 곳을 알 수 있어야지.

바람에게 주소나 알려주렴.

그럼 어디서든 추워하지 말고 오늘 밤 편히 쉬어라.

남도 지오그래피 1

할아버지 뭐 하세요?

약 해 묵을라고 꾸지뽕 다듬네.

자네한테 재미있는 이야기 하나 함세.

옛날에 태국에 놀러 갔는디 바닷가였어, 푸켓인가.

배 타고 바다 가운데 떴는디 가이드가 하는 말, 저 속에 뜬 쾌기 한 마리 잡으면 오늘 낮에 회 떠준다고 해서 손꾸락만 한 쬐그만 쾌기 한 마리 잡아서 줬지.

그런디 지금 생각해보면 참 미련한 짓이었네.

안 그래도 회는 줄 텐데 그 쬐그만 쾌기가 무슨 죄 있다고 잡았제?

그냥 놔줄 텐디 불쌍해서 지금도 두고두고 양심에 가책이 돼서 못 잊어버린당께.

지금쯤 큰 물고기 돼서 새끼도 낳고 사방천지 쏘다니며 놀 텐데.

뒤돌아보니 내가 거기 있었네

할멈: 어매 애 터지네.

영감: 할멈 잔소리 안 들을랑께, 나무하러 가버릴라네.

에그 그 고집 누가 꺾을라고.

꽃 같은 23세짜리일 때만 생각나네.

어디 만져보세. 워따 자네도 늙었고 살도 빠졌네.

그렁께 술 자그만치 먹고, 건강하게 살아야제.

이제 자네하고 둘밖에 없네.

당신이나 나, 이제 늙었는디 잘살아보세.

사랑하네.

남도 지오그래피 2

어야 때가 되었는디 당아 멀었는가?

술 한잔하고 싶은데.

워매 빨리 한디 재촉허네.

막걸리 한잔했으면 하네.

나는 영감 밥숟가락 잘할 때가 제일 좋드만.

워매 내 입만 쳐다본가?

옆에서 지켜보는 것만 질 마음 아픈겨. 질 불쌍해.

앞 못 보는 영감이 불쌍하제. 젊어서 돈이 없어서 수술 못했제.

이제 눈꾸먹도 포기해 버렸제.

심심할 때는 이놈 한 잔씩 해야 시간이 잘 가.

처음에는 어떻게 사까 했는디, 살다 보니까 그저 살제.

보이지 않는데 테레비는 무엇한다고 보요.

우리 손자 영 이쁘단께요. 즈그 애비 닮아서.

뒤돌아보니 내가 거기 있었네

만약에 내가 눈 뜬다면 우리 마누라 얼굴 먼저 보고 싶은데.

우리 영감 없으면 힘이 없고, 당신이 내 힘이고 사는 힘이제.

고맙네. 오야 날이 푸근하네. 그럼 마실이나 가세. 언능 나오소.

여자는 뭣이 그리 챙길 것도 많응가?

남도 지오그래피 3

워따 유림 양반 때문에 귀한 귀경 허지만요.

시안만 되면 무명으로 이불도 옷도 만들었제라우.

진짜 따뜻하네요.

이 개 이름이 무어요?

워리, 워리라 불르지.

니가 하나밖에 없는 식구네.

이 산골짝에 두 식구네요.

마음 따슨 자리가 제일 따땃하제.

인정도 있고 사람을 귀하게 여길 줄 아는 사람들이라

이 겨울도 따땃허요.

소진공항중
— 살아도 재미없고 성취욕 없고 무기력

한잔하세. 소싯적에는 술도 겁나 마셨는디 엇다 술이 술술 잘 넘
어간다

겁나 맛있당께.

이렇게 술 한잔 나누면 정도 재미도 있제.

마누라한테 혼난께 얼른 취하기 전에 가야겠네.

징합소. 내가 젊어서부터 안 살라고 했단께.

아픈 사람 집에서 술 먹고 욕하고.

일절만 하란께.

내가 부애가 나 죽겠소. 이날 이때까지 속고 사요.

다짐받을라요. 술 먹고 오면 밥 안 줄라요.

믿어 보소. 자네가 말 안 해도 명심할라네.

그럽시다. 천 번 만 번 속았는데 또 속을란디요.

시안에는 콩도 추리고 웃음도 이약도 좋은 추억으로 만들어 불

라요.

유림 양반 솜씨가 좋아서 무엇이든지 잘 만드요.

핑경은 뭐하러 달았다요.

남은 인생 오지게 살세.

남도 지오그래피 4

아따 리모콘 안 뺏어가라우.
테레비도 보고 드라마도 보고
앗다, 뉘도 안 나요. 안 끝났소?
끝났네. 빨리 일하러 가세.

술맛 좋네, 퍽이나 좋겠소.
지나온 자욱마다 눈물 고였소.
나도 모르것소. 오늘만이요.
일복도 팔자여라우. 내가 시집을 안 올라고 했는디.
당숙모가 문장이 좋은 것 같더라 해서 왔는디.
서당 다녔으면 좋은 줄 알았는디 뭐 별것 없어라우.
통장 맡겼더니 엉뚱한 데다 써버렸서라우.

임자 옛날 말 그만하세.

임자는 어쩐지 몰라도 저 땅만 보고 있으면 배부르네. 자네공이
컸제.

친구네 집에 놀러 갈라네.

딴 것이 아니라 술이 고팠제?

뒤돌아보니 내가 거기 있었네

완도댁 얼른 와보시소 응, 간 맞제

남편이 죽었지라우.

원 사람, 그럼 맨날 나보고 울고만 있으라고?

울지 말고 사세.

우리는 홍어를 잘 무치제?

아이고 맛있네.

앗다, 음석도 들어가고 좋으네.

밥통이 먼저 가야 복 받고 먹을 것도 생기제.

당신 하내 할매한테 무탈해달라고 제사 지내제.

회관에 오신 분 한 분도 빠지지 말고 양껏 잡수시요.

겁나게 오져버리네.

오늘 마을에 귀한 손님 오신다고 했는디,

아픈 데 다 까발려 놓고 진찰 다 받으시요.

세월이 찬찬히 흘러가면 좋겠소.

이쁘게 다듬고 할랑할랑 살면 좋겠어요.

마음 씀씀이가 좋아 빨리 낫겠소.

새해도 됐겠다, 회관으로 이사도 했것다, 좋겠소.

새해에 복 많이 받으시오.

과외 끝나는 날

추운 겨울날 밤, 막내아들 과외가 끝나는 날이다.

봉투에다 과외비 외에 조금 더 넉넉하게 보너스를 담아 그 아이 손에 놓아 주었다.

그 돈이면 시골에서 아비 없이 어렵게 공부하는 친정 조카에게 도움을 줄 수 있고, 다리 아파 고생하시는 친정어머니에게 쇠뼈라도 고아 잡수시라고 보내줄 수도 있고, 아니면 힘들게 영국, 미국에서 공부하는 아이들에게 부쳐줄 수 있는 아쉬운 돈이었다.

하지만 막내아들 공부를 돕느라 늦게까지 수고하다 밤늦게 지하철을 타고 터벅터벅 대학교 기숙사로 돌아가는 그 아이를 위해서 따뜻한 스웨터나 잠바라도 사 입으라고 내놓은 돈이었다.

추운 그날따라 왜 그렇게 옷도 얇게 입고 왔는지. 부모님 밑에서 학교를 다녔으면 겨울옷을 따뜻이 입혀주었을 텐데.

지금쯤은 학업을 마치고 훌륭하게 성공한 사회인이 되어서 어느 곳에서든지 열심히 자기에게 주어진 몫을 다하고 사회의 일원으로서 잘 살고 있겠지.

성실하고 건강하여라.

뒤돌아보니 내가 거기 있었네

아들들의 이야기

큰아들

얼마 전에 태어난 큰손자 이름 때문에 전화가 왔다.

정형주. 할아버지가 지어주셨다.

그리고 미국에 인편으로 보낼 굴비를 샀다. 조금 작고 싼 것을 살까 하다가 크고 먹음직스러운 것을 샀다.

모든 게 어렵고 허리띠 졸라매야 하고 내 화장품도 하나하나 빈통이 되어가지만, 고생스러운 아이들에게 보내는 반찬거리를 그럴수는 없었다.

이 어려운 IMF가 지나면 봄에 꽃피듯 생활형편이 나아지겠지.

우리 자식들은 이러한 부모 마음을 헤아리고나 있을까?

둘째 아들

저녁 식사 후 영국에 있는 둘째 아들 이야기를 꺼냈다.

아르바이트 자리라도 알아보라고 그랬더니 그렇지 않아도 신문마다 눈여겨보며 일자리 구하고 있다고 대답하더란다.

외국에서 공부하다 보면 남들도 모두 고생이 많겠지만, 왠지 마음이 아려왔다.

부모는 모두 그런 것이란다. 앞에서는 큰소리 내며 꾸중하지만, 뒤돌아서서는 아파하며 다독이는 것이 부모 마음이란다.

큰아들, 작은아들!

어렵게 학비 부쳐주시는 아버지에게 감사를 드려라. 의지가 약하신 분이라면 너희가 진즉에 한국에 되돌아와야 했을 것이다. 어떻게 해서든 너희를 더 높은 곳으로 날아가게 해주기 위해서 뼈를 깎는 고통 속에서도 배움의 길을 열어주시는 아버지에게 늘 감사를 드려라.

셋째 아들

집에서는 '세찌'라는 애칭으로 부른다.

지금 갓 대학에 입학하여 학교 생활이 즐거운가 보다. 날마다 저녁이면 강의며 친구들과의 대화며 매일 일어나는 일상적인 학교생활 이야기들을 재미있게 들려주며 자기가 인기 짱이란다.

여학생들 이야기도 들려주며 웃음이 함박꽃이다.

그래, 마냥 행복해하여라. 언젠가는 그 시절이 그리울 거다.

그런데 시험 기간이 돌아오면 엄마에게 뭐라고 할까?

머리 아프다고 할까, 힘들다고 할까?
생각만 해도 웃음이 나온다.

토토, 너의 이름이다

살아 있다면, 갈색 눈이 나를 보고 있을 것이다.

일찍 너를 찾아갔더라면 집으로 올 수 있었을 텐데…….

때늦음에 자책만 앞설 뿐이다.

네가 살아 있다면, 파란 마당과 꽃그늘에서 뒹굴며 뛰어놀고 있을 것을.

왜 너는 슬픈 사람 눈처럼 눈이 슬퍼 보였는지, 지금도 대문 앞에 앉아 문 열어달라 앞발 들어 두들기고 있는 것 같구나.

미안하다, 토토(TOTO)야.

저세상에 있다면 왕자처럼 살고, 윤회가 있다면 예전처럼 위풍당당하고 잘생긴 남자로 태어나거라. 나의 친정어머니 말씀이, 사람 같으면 아주 잘생긴 멋진 대장부일 거라고 늘 말씀하셨단다.

토토야, 또 기억나는 게 있다.

네가 3개월쯤 됐을까? 추운 3월 외출에서 돌아와 보니 현관 옆에 앉아 어린 네가 추워 덜덜 떨고 있는 것을, 그리고 대소변이 마려우면 낑낑대며 보채던 것을. 또 높은 담장에서 떨어져 다리가 부러져 부목을 대고 너랑 나랑 병원에 다니느라 고생 많았었지. 영리하고 똑똑한 네가 마당에 건조대에 하얀 홑청을 풀 먹여 널어놓아도 행여 흙 묻을까 근처에도 가지 않던 네가, 왜 집을 찾지 않고 어디론지 가버렸는지 모르겠다.

  너의 흔적들이 많은데, 네가 좋아했던 꽃그늘도 없는 겨울, 온 가족이 네 얘기 하며 기다린단다.

  비 오는 날, 어디서 쉬는지 안타깝구나.

매몰 위기에 몰린 비경의 동강

　동물과 새들의 낙원인 동강이 매몰 위기에 내몰리는 시기에 동물과 새들의 사랑과 지혜, 본능 등을 대비시키는 TV 프로그램을 보면서 감탄과 미소가 저절로 나온다.

　높은 절벽 위, 어미 물새 한 마리가 초조하게 잔걸음 뛰면서 알에서 부화한 지 얼마 안 되는 귀여운 어린 새끼들을 데리고 강으로 나아가야 할 텐데, 커다랗고 무서운 매 때문에 오도 가도 못하고 서성거린다. 어미 매가 자기 새끼들에게 잡아온 먹이로 식사를 시키고 있을 때, 엄마 물새는 기회는 이때다 하고 용기를 내어 소리도 없이 새끼들을 데리고 그 옆을 지나 천 길이나 되는 높은 절벽에서 먼저 뛰어내린다. 그러자 무서워서 주춤주춤하던 어린 것들이 하나둘씩 뛰어내린다.

　마지막 막내까지 뛰어내릴 때, 손에서 땀이 났다.

　어미 물새는 낙오 없이 뛰어내린 12마리 새끼들과 재회의 기쁨인

양 유유히 강물을 헤엄쳐 간다. 안도와 함께 강인한 모성애를 발휘하는 지혜로운 물새 어미에게 갈채를 보냈다.

행복한 가족이 떠나가는 한 폭의 수채화 같은 풍경이다.

인간들이 이들의 서식처를 보호해줘야 한다. 개발도 좋지만, 자연과 더불어 살아갈 때 이 세상은 더욱더 아름다울 것이다.

큰손자, 작은손자

저녁 늦게 지하철에서 내리는 작은손자를 한 번 더 안아보려 했더니, 쌀쌀맞게 뿌리치면서 할아버지한테 안겨 버린다.

서운한 마음에 문득 큰손자 생각이 났다.

미국에서 한국으로 돌아오던 날, 먼 길 떠나는 걸 아는지 "할머니, 안아줘요." 하면서 두 팔을 벌리고 안겨오던 큰손자.

먼 이국땅에서 일가친척도 없이 엄마, 아빠에게만 의지한 채 살아가는 아이들이 안쓰럽다. 보고 싶구나.

할머니가 이 밤에도 듬뿍 예쁜 사랑을 보낸다.

뒤돌아보니 내가 거기 있었네

큰손자와 여행

큰아들 부부와 손자를 데리고 미국 동부 여행길에 올랐다.

아기가 태어나면 여행이 어려울 거고, 큰아들이 그동안 많이 마음고생이 심하였으리라 여겨 가족과 오붓하게 길을 떠났다. 수업 일정 때문에 자유의 여신상, 나이아가라폭포 등 짧은 일정이었지만, 손자와의 여행은 행복하였다.

목마 타고 손가락질하며 '저건 뭐야? 이것은 뭐야?' 하는 재롱이 꽃송이 같았다.

아이들은 보스턴에서 다시 LA로 돌아갔고, 우리는 캐나다 몬트리올 대사관에 계시는 남편 친구분을 만나기 위해 캐나다로 떠났다.

관광 일정
뉴욕 – 워싱턴 백악관, 알링턴 국립묘지(참전용사 묘지).
토론토 – 킹스턴(계단식 태양열 아파트가 인상적이었다). 몬트리

올 가는 길에 겨울비가 내려 몹시 추웠다.

퀘벡 – 작은 파리. 노천카페, 아늑한 거리가 분위기 있어 평화롭게 보였다.

밤늦은 시간에 도착한 우리를 위해 따뜻한 옷을 준비해서 나오신 두 부부에게 감사를 드립니다.

그리고 이튿날 여행을 떠나는 우리에게 맛있는 점심을 만들어 가지고 오셔서 고마웠습니다.

두 분, 내내 건강하세요.

뒤돌아보니 내가 거기 있었네

경주마의 슬픈 여정

7월 『월간 조선』에서 우연히 경주마에 대한 글을 읽었다.

어떤 기수가 자기와 함께 환호와 영광을 누렸던 말과 일 관계로 헤어졌는데, 개인마주제가 도입되어 자기도 모르는 사이에 사랑하였던 말이 폐마되어 다른 마주에게 팔려가 버렸다. 몇 년을 찾아 헤맨 끝에 그 말이 개인 승마용이 되어 살고 있는 곳을 찾아냈다. 현재의 마주에게 말과의 옛 관계와 찾아 헤맨 애절한 사연을 들려주었더니 마주는, "정작 당신이 주인이요. 말값이며, 치료비, 먹이 비용으로 1,000만 원이나 들었지만, 당신에게 대가 없이 돌려주겠소." 하면서 말을 되돌려 주었다. 기수는 말을 과천 승마장으로 데려가 틈나는 대로 보살펴주어 인기 있는 승마용 말로 생을 마감하게 하였다는 글이었다.

폐마가 되면 몇 달 만에 한 번씩 경주에 나가고, 그렇지 않으면 마구간에서 우두커니 멍청하게 서 있거나 누구의 보살핌 없이 소외되어 식용으로 팔려가 버린단다.

총명하고, 아름답고, 온순한 말. 영광과 찬사를 받다가 폐마가 되었더라도, 생을 마감하면 어느 햇빛 잘 드는 좋은 곳에 묻어주면 안 될까?

이 글을 쓴 기수는 사랑하였던 자기 몸과 같았던 말이 폐마가 되었을 때, 마구간을 찾아가 평소 말이 좋아하였던 놀이인 말의 입에다 손가락을 넣어 빨게 해주면서 사탕도 넣어주고 돌봐주었다. 그런 말이 어느 날 갑자기 자기도 모르게 팔려가 버렸을 때, 빈 마구간에서 자기가 태어나서 처음 뜨거운 눈물을 흘리며 어깨가 들썩이도록 엉엉하면서 많이 흐느껴 울었다고 한다.

화려한 영광의 뒤안길에 외롭고 쓸쓸한 비정함이 있다니, 마음이 아파져 그렁그렁 책 위에 뜨거움이 번져갔다.

뒤돌아보니 내가 거기 있었네

IMF, 사랑하는 둘째 아들에게 쓴 편지

어제 늦은 밤, 느닷없이 울먹이는 며느리의 전화를 받고 뜬눈으로 밤을 새웠다.

라면도 없이 먹을거리도 없다니, 이게 무슨 소리냐.

가지 많은 나무 바람 잘 날 없다고 하더니 내가 꼭 그렇구나.

미국 아니면 영국에서 어려움을 호소하는 전화가 오면 어미는 칼로 가슴을 베이는 듯 아파 먹을 수도 잠들 수도 없단다.

네가 선택하여 떠난 길이다.

관습과 문화, 언어가 다른 영국에서 쉽사리 적응한다는 것이 어려움이 많을 거라고 이해하지만, 인내해서 시간을 낭비하지 말고 학위 취득하는 데 둘이서 성심을 다하기를 당부하고 또 당부한다.

지금 한국에서는 매일 실업자가 수천 명씩 늘어나고 지하철이나 서울역 광장에서는 노숙자로 인해 앉을 곳이 없으며, 경제력을 잃은 가장들이 오갈 데 없이 방황한다는 사례들이 날마다 주요 뉴스로 보도되어 안타깝게 한단다. 어느 낚시터에서는 잡은 고기를 놔 주고 다시 그물을 던지곤 한다더구나.

둘째 아들아, 그렇지만 너는 더 나은 행복한 조건에서 공부라도 하고 있지 않으냐?

이것은 엄마의 생각이다. 너는 너대로 스트레스와 갈등이 있어 고민하겠지만 작은 어려움을 인내하지 못하면 훗날 더 큰 어려움이 닥쳐올 땐 맞서 대응하기가 더 어려울 것이다.

너는 모를 것이다. 엄마는 울고 싶어도 울지도 못한단다.

여섯 식구의 버팀목이 울어버리고 주저앉아 버리면 그 울타리가 어떻게 되겠느냐? 앞날이 불투명하고 불확실한 나날을 살면서 엄마는 가슴을 졸이다 못하여 간이 조각조각 해체되어 피가 쏟아지는 것 같구나.

그렇지만 나는 '내일이면 돼.' '오늘을 이길 수 있어.' 하면서 밝게 웃고 어려운 문제들을 대처하고 대응하면서 산다. 내일 아침엔 새로운 태양이 떠오르듯이.

아들아, 오늘이 마지막인 듯 시간을 아끼면서 성실히 살자.

엄마는 너를 믿고 있단다. 너는 명석하고 마음이 따뜻하여 밝고 성실하여 좋은 점이 많은 사람이지. 좀 더 노력하자.

그리고 경제적인 어려움이 있어도 너무 걱정하지 말아라. 아버지가 계시지 않느냐?

사람은 늘 아끼는 사람들이 곁에 있어 주어도 때로는 홀로 선 나

목이 되어 옷깃을 부여잡지만, 주위를 유심히 둘러보면 나를 위로
해주고 아껴주는 사람들이 있어 마음이 풍요로워지고, 그것이 가족
일 때는 더욱더 세상이 밝고 따뜻해진단다.

용기를 내어 꿋꿋하게 걸어라.

IMF, 사랑하는 아들에게

엄마는 늘 세상 무엇과도 바꿀 수 없는 소중한 자식들을 위해서 기도한단다.

IMF도 끝이 있겠지. 조금만 참고 고생하면 너의 능력과 역량을 발휘하고 네 자리를 지키면 존경과 인정을 받는 사람이 되지 않겠느냐.

금년 9월까지만 무심한 마음으로 공부하여, 엄마의 바람대로 좋은 일이 생기길 바란다.

엄마의 작은 소망이다

항상 건강에 유의하고 감기 걸리지 않도록, 오늘 밤 높이 날수록 멀리 보는 새, 갈매기의 꿈을 꾸어라.

사랑하는 아들에게 엄마가 쓴다.

뒤돌아보니 내가 거기 있었네

녹차향이 짙은 오후
— 까치, 참새와 함께

활기찬 날갯짓으로 마당 가와 감나무 사이로 새들이 오르락내리락 날아다닌다.

겨울 이때쯤이면 잎 떨어진 감나무 가지에 까치밥으로 주황색 열매를 주렁주렁 남겨주면, 까치 부부와 앙증맞은 참새들이 허기를 채우고 기운차게 집으로 날아가는데 금년에는 아쉽게 해갈이하느라 꼭대기에 조금만 매달려 있다.

먹이가 없으면 이번 겨울을 어떻게 살까 안쓰러운 마음이 들어, 깊은 겨울이면 늘 그랬듯이 오늘 살짝 내린 눈 위에 쌀, 콩을 뿌려두었다.

내년에는 탐스러운 붉은 감 보듬고 앉아 콕콕 쪼는 모습을 볼 수 있겠지.

이제 들창 너머로 마당을 내다보아야겠다.

얼마나 많이 주워 먹었는지? 내 집 마당 가 나무 위에 둥지도 틀지 않는 주제에 참새 고것이 퍽이나 짹짹거린다.

나의 겨울나기와 똑같구나.

뒤돌아보니 내가 거기 있었네

안사돈과 일본 여행

　안사돈과 모처럼 여행길에 올랐다.

　하코네, 후지산, 동경을 잇는 여행 상품이 알차게 좋기도 했지만,
사돈끼리 여행하는 설렘이 더욱 의미 있고 좋았다.

　몇 년 전, 둘이서 중국의 항주, 소주, 상해 여행을 하려고 공항에
도착했는데, 너무 당황스러운 일이 생겼었다. 일주 외할머니가 착
각하여 구여권을 가지고 나오시는 실수로 비행기를 탑승할 수 없
었다. 두 사돈 모두가 안절부절못하며 대한항공에 간청하여 보았
지만, 여러 사정에 의하여 탑승할 수 없단다. 그런 사정이야 알지만
얼마나 다급하고 황망했으면 억지를 부렸을까. 중국에서는 입국시
켜준다고 했는데.

　결국 혼자서 여행길에 올랐지만 그나마 나조차도 겨우 비행기를
탈 수 있었다. 우리 일행은 이미 출국장으로 나가버렸고 홀로 남겨

진 나는, 출국심사대에 늘어선 사람들에게 양보 받고 미안해하며 뛰었다. 비행기 문이 닫히기 일보 직전이었다.

괴로웠고 함께하지 못해 미안했던 여행 기억이 주마등처럼 지나 간다.

그리고 훗날, 옛이야기하며 6월의 신록과 푸른 산소로 가득한 일본 여행길을 떠났다.

따뜻한 온천물이며 정갈한 음식과 정다운 사돈과 이야기로 밤을 지새운 날들이 참으로 행복했었다.

일주 외할머니 참 좋은 여행이었지요.

둘이서 떠나는 여행을 다시 꿈꾸며 계획을 세워 볼게요.

몸이 약하신데 늘 건강하세요.

다시 둘만의 즐거운 여행을 떠나고 싶습니다.

내내 건강하시기를.

뒤돌아보니 내가 거기 있었네

모란시장

무더운 날 아침, 영감이 모란시장에 가자고 서두른다. 동물병원에서 수술도 받지 못하고 그날 밤을 넘기지 못한 거멍이 때문에 몰래 눈물 훔치는 나를 위해서 예쁜 강아지 사러 가자고 한다. 사람보다 더 명이 짧은 애들과 또다시 가슴 아픈 헤어짐으로 상처받을까 하여 내키지 않았지만 따라나섰다.

하지만 모란시장에 도착하자마자 곧 후회하고 말았다. 날씨가 무더운데 한 평이 될까 말까 한 쇠둥우리에 덩치 큰 썰매견 시베리안 허스키들과 작은 강아지들을 열댓 마리 가두어 놓고 뙤약볕에 방치하니, 개들이 숨이 차서 헉헉거린다. 물 한 사발에 서로 으르렁거리며 숨을 몰아쉬고 어린 것들은 참지 못하고 발버둥 친다.

썰매견들의 파르스름한 고운 눈매와, 어린 것들의 동글한 깜장 눈들이 살려달라고 애원하는 것 같아 가슴이 아렸다.

먼 추운 나라에서 하얀 눈 위를 친구들과 발맞추며 설원을 달리고, 작은 것들은 푸른 들과 잔디밭에서 뒹굴며 어미젖을 빨고 있을 텐데, 주인에게 버림받아 식용으로 팔려가는 개들.

우리 집 똥쟁이, 복돌이, 흰멍이 등 이름도 많다.

쪼그마한 하얀 털북숭이를 품에 안으니 구경하던 한 남자가 "어이구, 나중에 집채만 할 터인데." 한다. 무슨 말인지 이해가 되지 않았는데, 나중에야 그 뜻을 알고는 웃음이 나왔다. 일본의 국견 '아키타'란다. 작은 송아지다. 많이 먹고 응가도 함지박만큼, 무럭무럭 자라 다리가 길쭉길쭉. 식구가 아무렇게나 불러도 뛰어온다. 하나밖에 없는 이름이니까.

장대비가 쏟아지자, 마당에 퍼질러 놓은 응가가 풀죽이 되어 퍼졌다.

저걸 어쩌나. 그래도 귀엽다.

우리의 웃음을 자아내는 이야깃거리니까.

뇌졸중을 넘어 우뚝 선 남편

　국제정치학 박사학위 영득을 축하하기 위해서 모인 친지와 친구분들의 축하 말씀을 받으신 날.

　큰 병고를 치르고 일어나 새로운 생애를 이룩하고, 미래의 보람찬 삶을 찾고자 건강하지도 않은 몸으로 뼈를 깎는 인고의 노력을 다한 끝에 박사학위라는 아름다운 결실을 거둔 빛나는 날이다. 진심으로 기뻐하여 주신 고마운 여러분께 감사의 말씀을 드린다.

　어느 여름날 밤, 잠깐 잠들었다 영롱한 꿈에서 깨어나 무엇인가를 생각하고 있을 때, 전화벨이 울리고 있었다. 핀란드 헬싱키 대학에서 MBA(경영학 석사) 공부하고 있는 애들 아버지가 석사학위 수여식 참석을 위해 핀란드로 오라는 전화였다.

　그로부터 수년간의 세월이 지나 프랑스 파리에서 국제정치학 박사과정 공부가 시작되었다. 평소 당신의 꿈인 정치의 길을 접어두고 박사학위 과정을 취득하여 자기의 꿈을 실현하려는 발상이 아닌가 싶어 보였다.

지천명의 나이도 지난 51세에 막 접어들어 뇌혈전증으로 쓰러지는 바람에 모든 꿈과 희망이 거품으로 사라진 듯 보였으나, 각고의 노력으로 6년간의 고생 끝에 박사의 꿈을 이룩하였다.

뇌졸중 상태에서 잃어버린 기억을 되찾으려 영어 단어 하나하나를 외우며 일구어낸 소중한 결실로, 전화위복이라는 고사성어를 몸소 실천하셨다. 어려운 현실에 나약해지고 자신의 한계를 극복하기보다는 쉽게 포기하는 요즘 사람들에게 하나의 교훈과 모범이 됐으면 한다.

2006년 6월 9일, 파리국제대학원(ECOLE DES HAUTES INTERNA-TIONALES) 국제정치학박사 학위를 영득하시니, 피땀 흘리는 정성으로 이룩한 인간 승리에 존경과 감사를 보냅니다.

뒤돌아보니 내가 거기 있었네

근하신년

— 도량에서 드리는 새벽기도

소망의 해맞이를 위해, 5시 30분 아직 캄캄한 새벽길을 달려 수덕사에 도착하였다.

나라와 모든 국민이 건강하고 풍요로운 삶을 누리고 내 이웃과 친지들의 지친 일상이 웃음이 넘치는 평화로운 삶이 되기를 빌며, 우리 가족 모두 염원한 소망들이 이루어지고 모두 건강한 한 해가 되기를, 허리 구부려 백팔 배로 새해의 절을 올렸다.

저 밝은 햇살로 얼굴이 밝아지고
심신이 가벼워지고
새벽 산바람이 스며드는 마음도 청정하기를
기원 드립니다.

거멍아, 잘 가거라

거멍아, 먼저 너에게 용서를 빌어야 한다.

오전 3시 15분, 갑작스러운 전화벨 소리에 놀라 뛰는 가슴을 움켜쥐고 나쁜 소식이 아니길 바랐지만 끝내 운명하였다는 수의사의 알림에 입안이 말라 말이 나오지 않았단다.

진즉 입원시켰어야 하는데, 보일러 수리하느라 바쁘다는 핑계로 아파하며 힘없이 앉아 있는 너를 뒤늦게 입원시킨 내 탓이 너무 크구나.

이렇게 쉽게 갈 줄을 몰랐단다. 나의 잘못이다.

네가 잠든 병원을 한달음에 달려가 하얀 시트에 덮여 있는 너를 보았을 때, 평소처럼 편안하게 잠든 너의 얼굴이 아직도 살아 숨 쉬는 것처럼 체온이 따뜻하여, 너를 꼭 껴안고 죽지 않았다고 믿으며 눈물을 흘렸었단다.

수의사가 그러더구나, 주인에게 사랑을 많이 받은 강아지 같았

뒤돌아보니 내가 거기 있었네

다고. 누구의 잘못도 아니니 너무 자책하지 말라고 위로했지만, 너의 순진한 얼굴이 눈 속에 박히는구나.

아프면 낑낑거리기라도 할 일이지…… 가만히 앉아서 고기를 줘도 도리질 치고 겨우 몇 모금 물 마시고 시원한 그늘을 찾아 앉으면서 눈물을 흘리며 힘없이 나를 쳐다보던 너는, 나에게 말없이 작별인사를 고하고 있었는데 왜 나는 미처 몰랐을까? 너는 이미 예감하고 있었는데.

거멍아, 병원에서 돌아오는 길에 동네에 다다르니, 아프면서도 집이 가까워 반가운지 발걸음 가볍게 뛰더구나.

그런 너를 바보처럼 허망하게 보내놓고 울다니 참으로 한심스러운 주인이었나 보다.

너의 재가 담긴 단지를 안아 차에 태우고 마지막 먼 나들잇길을 갔다가 돌아와 강 건너 시원스럽게 트인 강변, 심심하지 않도록 편안하게 쉴 곳에서 훌훌 너를 날려 보냈다

잘 가. 인연이 있으면…… 다시…….

감사합니다

1. 파리의 꽃집 할머니

파리에서 중요한 약속이 있어서 여행길에 올랐다. 한국은 하늘 맑고 바람 시원한 여름이었지만, 프랑스 드골 공항에 내려서 지하철 타고 파리 시내로 들어와 작은 이비스 호텔로 가기 위해 지상으로 나왔을 때 굵은 소낙비가 앞이 보이지 않도록 쏟아지고 있었다.

게다가 거미줄 같은 지하도를 잘못 나왔는지 어디가 어딘지 모르겠고, 어디서 리무진을 타고 어느 방향으로 가야 하는지조차 동서남북이 가늠 되지 않았다. 하는 수 없이 지하도에서 작은 꽃집 할머니에게 "이비스 호텔로 가는 길을 아시겠습니까?" 하고 여쭈었더니 손수 우산을 받쳐 주시면서 함께 걸어서 리무진 정류장까지 안내해 주셨다. 그분의 도움과 배려로 무사히 호텔에 안착하여 안도의 숨을 쉬면서 감사의 인사를 드렸다.

지금도 여름이면 고마우셨던 파리의 꽃집 할머니가 생각난다.

뒤돌아보니 내가 거기 있었네

2. 합장 인사를 가르쳐준 파리 노점상 아주머니

파리에서 귀국하는 비행기의 탑승 시간이 밤늦게여서, 오전에 호텔과 가까운 거리에 있다는 고가구와 골동품 도자기 전시장을 구경하기로 했다. 20분 정도 걸리는 거리를 아침도 거르고 새벽에 지하철을 타고 내렸는데, 비슷한 건물들이 즐비하게 늘어서 있어서 아무리 거리를 빙빙 돌아도 전시장을 찾을 수 없었다. 이른 아침이라서 마땅히 물어볼 곳도 없었는데, 마침 길거리에서 커피를 파는 가무잡잡하고 건강하게 생긴 아주머니에게 전시장 위치를 물었다. 그랬더니 친절하게 가르쳐주면서 어느 나라에서 왔는지 물어온다.

불어도 모르는 자그마한 동양 여자인 내가, 올림픽을 치른 대한민국에서 왔다고 하니까 "오 — 아름다운 한국." 하고 반가워하더니 자기들 고향은 멕시코라며 손을 잡아준다. 그리고 헤어질 때 가슴에 두 손을 모으고 합장하며 절을 한다.

합장은 원래 부처님께 올리는 절이다. 이분도 부처님을 알고 있을까?

이후로 나는 늘 헤어지는 분에게는 합장하며 감사의 인사를 드리고 있다.

합장을 가르쳐주신 아주머니, 감사합니다. 늘 건강하시기를!

3. 다나카 회장님의 합장

일본에 사업 관계로 젊어서부터 지인처럼, 친구처럼 다정히 지내는 분이 계신다. 한국에 오시면 우리 집에 초대하여 저녁도 대접하는 사이로, 남편과 무관하게 알고 지내는 분이다.

어쩌다 가끔씩 만나 뵈올 때마다 나이 드신 분이 합장하며 맞아주시고 헤어질 때 합장하며 작별 인사를 하신다. 친절하게 어느 곳이든 안내하여 주시는 다나카 회장님께 늘 마음으로부터 감사드리며 두 손을 모아 합장한다.

건강하시기 빌며 오래오래 사시길 바랍니다.

겸손한 인사법을 무언으로 가르쳐주신 세 분께 감사드린다.

제2부
그 사람의 편지

우리의 이름을 진(珍)과 파(波) 이렇게 해요.

나를 대안(大安)으로 하면 진(珍) 역시 같아야 할 테니 말이오.

진(珍)과 파(波)는 문구상으로나 어감상으로도 맞고 내가 퍽 좋아하며 아끼던 글자들이오.

그러니 대안(大安)은 진(珍)이 지어준 나의 마음속의 이름으로 간직하겠어요.

파의 여울 속에서

마음은 유리랍니다
가을하늘처럼 높고 맑은
함부로 갈아 끼울 수 없는
창살처럼
영원히 간직할 유리랍니다

파의 진이

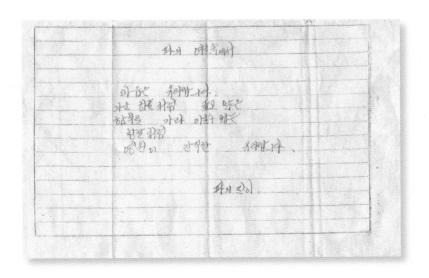

진(珍)의 마음 위에 띄운 글

3월 17일

달이 참으로 밝네요. 서쪽 근처의 강변에서 기차 소리도 들리고요.

지금 파(波)는 진(珍)과 '오손도손' 한참이나 이야기꽃을 피우고 있어요.

우리는 지금 달밤에 무엇 하는 것이냐고? 달 이야기를 하지요.

한참 후, 사색(思索)과 정서(情緒)의 시간도 갖고, 하다가 옆을 바라본 파(波)는 어마! 진(珍)이 없네, 하고 의미 있는 웃음을 웃었지요. 이는 '착각'. 하도 골몰한 생각들 탓일까?

같이 있고 싶은 나의 진이! 오늘은 미안했어요. 너무 걱정만을 주는 말을 많이 해서요. 허나 염려 말아요. 파와 진은 서로가 소유하고 있지 않아요.

이렇게 '꼭 붙잡고도 있구요.' 나는 정말 달아나지 않을 테야, 진

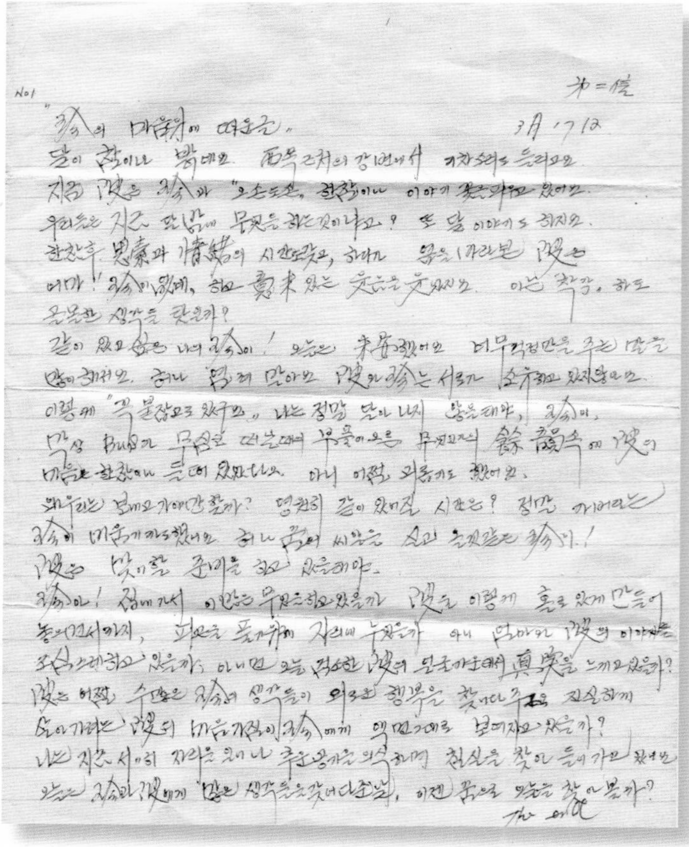

"珍의 마음에 띄우는글"　　　　　　　　　　3月 7日

이, 막상 버스가 무심코 떠날 때의 부풀어 오른 무엇인가의 여운(餘韻) 속에 파의 마음은 한참이나 들떠 있었다오. 아니 어쩜 괴롭기도 했어요.

왜 우리는 보내고 가야만 할까? 영원히 같이 있을 수 있는 시간은? 정말 가버리는 진이 미웁기도 했어요. 허나 꿈의 씨앗을 싣고 올 것 같은 진이!

파는 맞이할 준비를 하고 있을 테야.

진아! 집에 가서 이 밤은 무엇을 하고 있을까, 파를 이렇게 홀로 있게 만들어 놓으면서까지. 피곤을 풀기 위해 자리에 누웠을까, 아니 엄마와 파의 이야기를 조심스레 하고 있을까, 아니면 오늘 검소한 파의 얼굴 가운데서 진실을 느끼고 있을까?

파는 어쩜 수많은 진의 생각들이 외로운 행복을 찾아다 주고, 진실하게 살아가려는 파의 마음가짐이 진에게 액면 그대로 보여지고 있을까?

나는 지금 서서히 자리를 일어나 추운 공기를 의식하며 침실을 찾아 들어가고 있지요.

오늘은 진과 파에게 많은 생각들을 가져다준 날, 이젠 꿈으로 오늘을 찾아볼까?

The end

진의 마음이 파를 찾은 날

3월 20일

광주 여행을 마치고 집을 찾은 파(波)에게 석 장의 편지들이 기다리고 있었지요.

진(珍)의 봉투는 유난히도 두터운 듯하며 맨 위에서 파를 조급하게 하네요.

무슨 사연들이 곱게 곱게 적혀 있을까? 이 글 속에 젊음을 읊었고 인생의 예찬(禮讚)이 있을 것이다. 황혼(黃昏)의 노을을 찬미(讚美)했고 동산에 솟은 달이 좋은 줄을 안 흔적이 있으리라.

나는 성급히 뜯어보고 싶지만, 다시 한번 조용히 눈감으며 느껴봅니다.

과연 진이 이제야 인생을 발견했고 젊음을 노래하며 보내진 첫 글일까?

진실로 진실로 삶의 뜻을 흐느끼며 인생의 반려자(伴侶者)를 발견

뒤돌아보니 내가 거기 있었네

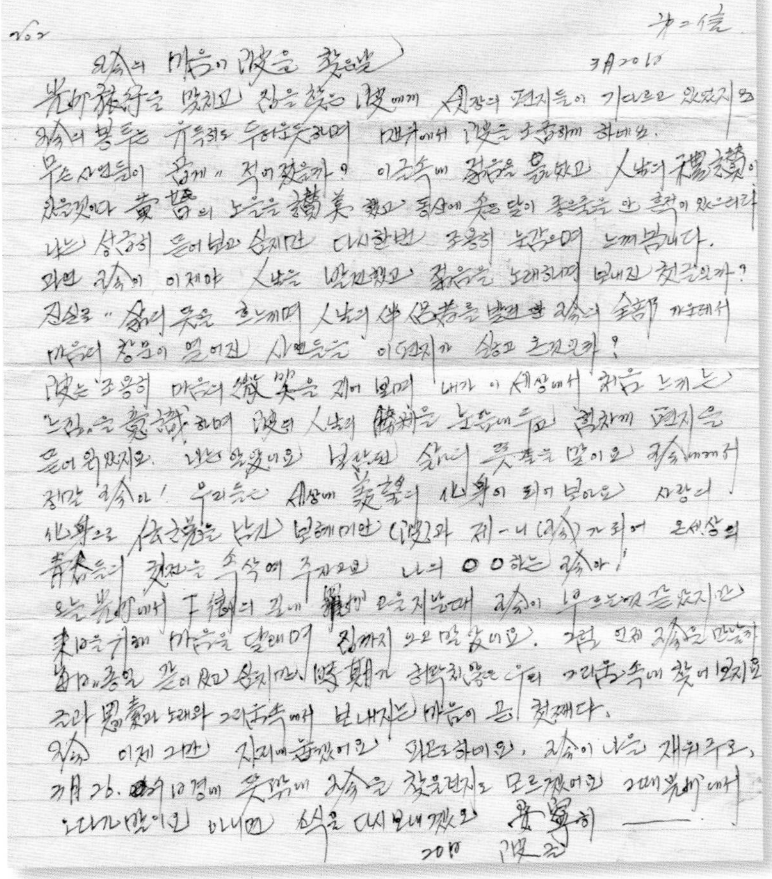

요수의 마음이 波를 찾으셨

光州旅行을 맞치고 잠을 청하는 波에게   3月 2○日

...

한 진의 전부(全部) 가운데서 마음의 창문이 열린 사연들을 이 편지가 싣고 온 것일까?

파는 조용히 마음의 미소를 지어 보이며 내가 이 세상에서 처음 느끼는 '느낌'을 의식하며 파의 인생의 승리를 눈앞에 두고 힘차게 편지를 뜯어 읽었지요. 나는 알았어요, 보람된 삶의 뜻을 말이오. 진에게서 정말 진(珍)아! 우리들은 세상에 희망의 화신이 되어 보아요. 사랑의 화신(化身)으로 전설을 남긴 보헤미안(波)과 제니(珍)가 되어 온 세상의 청춘들의 귓전을 속삭여 주자고요 나의 ○○하는 진아!

오늘 광주에서 하향(下鄉)의 길에 나주(羅州) 고을 지날 때 진이 부르는 것 같았지만, 내일을 위해 마음을 달래며 집까지 오고 말았어요. 그럼 언제 진을 만날까?

매일 종일 같이 있고 싶지만 시기(時期)가 허락지 않은 우리 그리움 속에 찾아보지요. 글과 사색(思索)과 노래와 그리움 속에서 보내지는 마음이 곧 첫째다.

진, 이제 그만 자리에 눕겠어요. 피곤도 하네요. 진이 나를 재워주오. 3월 26, 27일경에 뜻밖에 진을 찾을는지도 모르겠어요. 그때 광주에서 오다가 말이오. 아니면 소식을 다시 보내겠소. 안녕히 ─.

파(波) 글

뒤돌아보니 내가 거기 있었네

진의 창문을 찾아서

어설픈 하루가 지나고 지금은 밤이 또 왔네요. 시름없는 봄비가 계속 나리다가 지금은 좀 끝인 뒤인지 지붕의 낙수 물소리가 이따금씩 꼼짝 못 할 것 같은 어둠의 장막을 캐는 듯, 파의 창문을 스며드네요. 허나 아무리 어두운 장막이 계속되기로서니 파는 지금 진의 창문을 찾는 순간이니 무엇이 두렵겠어요. 진! 속히 창문을 열어요. 이처럼 비를 맞아가며 진을 찾아와 창문을 열어 달라지 않아요, 어마 잠이 들었을까? 아니 문을 잠그네요. 왜 그럴까? 이처럼이나 어둠을 찾아 산과 물을 헤쳐 왔지 않아요. 잠 못 이루고 진을 찾아온 파야! 아무도 보지 않고 알지 못하는 이 밤의 시간은 우리들의 시간이야 누구도 침해할 수 없는 시간이 바로 지금이야, 나의 ○○ 하는 진아 ─.

정신을 차려 보니 파는 벌써 진의 손에서 따뜻한 체온을 느끼고

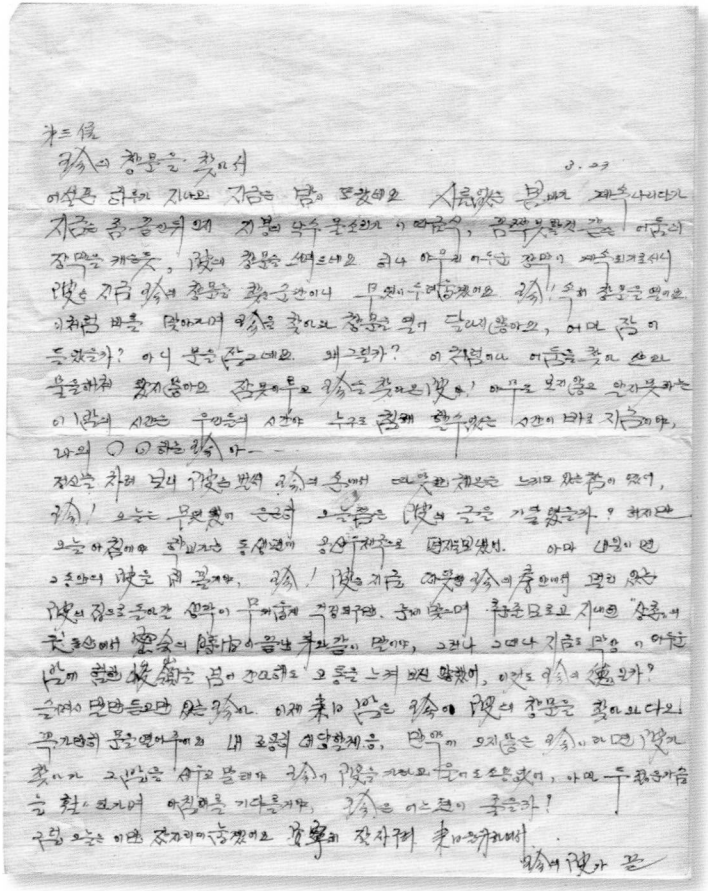

있는 참이었어.

진! 오늘은 무엇 했어? 은근히 오늘쯤은 파의 글을 기다렸을까? 하지만 오늘 아침에야 학교 가는 동생 편에 공산우체국으로 편지를 보냈어. 아마 내일이면 그동안의 파의 생각들을 볼 거야, 진! 파는 지금 따뜻한 진의 방안에서 멀리 있는 파의 집으로 돌아갈 생각이 무겁게 걱정되는구먼. 눈비 맞으며 추운 줄 모르고 지내던 '상촌'의 뒷동산에서 밀회(密會)의 시간이 끝난 뒤와 같이 말이야. 그러나 그 때나 지금도 막상 이 어두운 밤에 험한 준령(峻嶺)을 넘어간다 해도 고통을 느껴 보진 않았어, 이것도 진의 덕(德)일까?

슬며시 말만 듣고만 있는 진아. 이제 내일 밤은 진이 파의 창문을 찾아와다오. 꼭, 가만히 문을 열어 주어요. 내 조용히 대답할게, 응. 만약에 오지 않을 진이라면 파가 찾아가 그 밤을 새우고 말 테야 진이 파를 가라고 울어도 소용없이, 아마 두 젊은 가슴을 훨훨 타가며 아침 해를 기다릴 거야. 진은 어느 편이 좋을까?

그럼 오늘은 이만 잠자리에 눕겠어요. 안녕히 잘 자구려. 내일을 위하여서.

진의 파가, 끝

* 3월 27, 28일 양 중(中)에 광주에 갔다 오면서 혹시 그곳을 찾을 는지 모르니 오후 3시경 집 앞을 나와 보오.

행복의 씨앗을 심듯

당신을 진(珍)이라고 불러보오. 나를 파(波)라고 이름 지어 주오.

이젠 남몰래 먼저 주는 감격의 웃음. 약동하는 춘몽(春夢) 속에 말없이 아물어버린 정경. 숱한 일화(逸話)를 머금은 채 에—덴 동산과 같이 수녀(修女)의 영상(影像)을 그리며 애수(哀愁)가 잠든 호수를 거닐고 싶은 마음이, 평화로운 비둘기의 날개 속에 진과 파의 꿈의 씨알. 먼 훗날에 자장가를 함께 부르며 사랑의 전설(傳說)을 엮어보자고요.

진(珍)! 파(波)는 왜 이렇지요? 지금 잠 못 들고 있어요. 자정(子正)이 훨씬 넘었는데도 아직도 싸늘한 바람 부는 온 누리를 정복한 이 차가운 달빛이 온몸에 내려앉아 내가 정해둔 산책(散策)의 거리를 걷고 있어요. 허나 옛날과는 다르네요. 외롭지가 않아요. 지금쯤은 진(珍)도 뜰에 나와 파(波)와 단꿈을 꾸는지…… 아니 꼭 그런 것 같아요. 어쩜 지난 며칠간 우리의 생활에 일어났던 일을 생각해보지

뒤돌아보니 내가 거기 있었네

요. 세찬 바람과 어둠 속에 대화(對話)를 나누며 때론 첫사랑 생각이 난다는 흐뭇한 눈을 맞으며 헤어질 줄 모르던 시간들. 이런 것들이 사랑의 발자국일까요, 진. 아니면 무엇일까요?

우리는 많지 않은 시간을 약속했었지만 퍽 가깝지요. 파(波)는 어거지 쓴다는 말까지 듣는 시련을 겪으며 가까워지려고 노력도 했어요. 파는 이런 때 동심(童心)의 어린이 같아져요. 과연 파의 속에 진은 무엇일까?

진! 파는 오늘 종일 식목(植木)을 했어요. 심는 나무마다 행복의 씨앗을 심듯 마음이 흐뭇했어요. 파의 일하는 모습을 보아주었으면 얼마나 좋았을까? 언제나 그런 날이 올까? 진은 그날을 꼭 약속했는데 그렇게 해줄까? 아니면 망설이는 것일까?

파는 자신 있는가, 진이 믿어도 좋을 만큼 의심의 안개를 풀어줄 보증(保證)이 있는가 이런 생각에 젖어보았다오.

사랑이란 커다란 모순을 융합시키고 기적을 낳는다는 선인(先人)들의 말을 중얼거려 봅니다.

진! 우리는 절대 목마르지 않고 티 없이 조용한 호반(湖畔)의 주인 공이라고 뽐내고 싶어요.

실망에 쌓인 순간 땅이 무너진 것 같은 고독과 외로움……(이하 결락)

마음의 제-니

조용한 밤이 지나고 있어요. 읽어보고 둔 진(珍)의 글을 또다시 읽어보는 순간이기도 해요. 무엇보다 부모님께 꾸중 듣지 않았다니 정말 기쁘네요. 순진하고 귀한 양갓(良家)집 따님을 외출(外出)케 해서 진의 부모님께 조용히 용서를 빌었습니다.

허나 우리는 서로의 인생의 개척을 위해서 승리를 위해서 지냈던 시간이지, 세상이 생각하는 것처럼 불순한 시간이 없었으니 우리는 얼마든지 자신 있고 보람차지 않아요? 진.

나는 이번 우리가 같이한 시간 속에서 나 자신을 많이 체험했어요. 그토록 자신을 이겨낼 수 있고 나의 인격(人格)을 유지할 수 있는 큰 발견의 시간들이었고, 진에 대해서도 파(波)의 전부를 보인 중요한 시간이었어요. 이젠 우리가 어떻게 되든 인간 병호의 알맹이를 알지 않았을까!

정말 볼 것 없는, 값없는, 비어 있는 한 사나이에 불과한 나. 어쩌

면 불쌍하리만치 연약한 나, 어느 때는 지독하리만치 꿋꿋한 나 자신. 숫제 진은 파에게 환멸을 느껴주어요. 정말 쓸모없는 종이처럼 버려주시오. 정말 너는 나를 감당할 수 없는 촌부(村夫)라고 말해주시오.

하지만 파는 진을 먼저 보내진 못하겠어요. 먼저 뒤돌아 가버릴 수가 없어요. 정말 이제는 그렇게 큰 용기는 못 낼 것 같군요. 어쩜 눈물이 나 버릴 것이요.

우리가 지난번 일어났던 여러 가지 일은 파는 정말 자신에게 정직해 보고 나의 지성과 인격을 유지해보려고 숨김없는 말들이 진에게 해졌을 거예요. 또한 진을 사랑했기에 오직 진을 위해서 큰 힘을 내어 말을 했을 거예요. 정말 순간 내 가슴에도 진과 함께 눈물이 흘렀고 어쩜 진 이상으로 괴로웠을지도 모르지요. 또한 나는 발견했어요. 그토록 진은 파를 좋아했을까? 우리를 하나님이 짝지어 놓았을까? 그런데 나는 그토록 잔인하리만치 진의 눈물을 만들었을까?

정말 미안했어요. 용서해주시오. 허지만 나는 몰라요. 만약 우리가 불행해지더라도, 정말 은근히 나는 진이 나를 꼭 붙들어 주길 바래요. 꼭 붙잡아보세요. 마음 좋은 진(珍)아ー.

그런데 우리는 또 많은 시간을 같이서 이야기를 해야만 할 것 같아. 그런 것들이 있을 거야. 이것이 내가 진에게 끼친 마즈막 피해일런지도 몰라, 시간은 금월(今月) 15일 동강(洞江)에서 12시 차로

나가겠으니 광주행(光州行) 할 준비를 갖추고 (그곳) 1시경에 정류
소로 나와주시오. 차비도 많이 갖고(웃음). 그럼 그때 나와주시오.
기다리지요. 안녕……

4월 11일

파(波) 글

뒤돌아보니 내가 거기 있었네

진은 지금 무엇 하고 있을까

……(앞부분 결락)……

파는 오늘 집에 와서 한없이 피곤한 몸을 모든 것을 세상에 맡긴 듯이 잠들어 버렸소.

일어나 보니 저녁 시간이었어요. 마음을 정돈하기 위해 거리로 나갔지요. 불현듯 생각되는 잃어버린 빗 때문에 마음은 더욱 산란해 그대로 마을 친우들 집에를 찾아다니며 마침내 다시 내 품 안에 돌아온 영원한 '마스코트'를 안고, 인제는 절대로 누구든지 주지 않는다고 몇 번이고 다짐하면서 달빛 쏟아지는 들녘을 낀 내 집 앞을 찾아와서 지금의 시간들을 가졌어요. 진은 무엇 하고 있지요? 지금 9시 30분쯤 되었을까 하는 시간에 말이요. 분명 파도(波濤) 속에 표류(漂流)하는 마음의 상태에서 오늘의 하루를 생각하고 있을까? 아니면 여자의 입장에서 남자에 대해 어떤 전략(戰略)을 계획하고 있을까?

뒤돌아보니 내가 거기 있었네

아니면 애매하다고 생각하는 파의 태도에 대해 숱한 의문들을 잉태하고 있을까요?

알 수가 없군요 하지만 이젠 모든 것 그만 잊고 조용한 외형(外形)의 자세를 가지며 양같이 선(善)한 마음으로 그날그날 충실하실까요? 솜처럼 흰 마음도 가누면서요.

이제 오늘은 그만 적어볼까 하오. 끝으로 할 말은 형극(荊棘)의 길을 걸어가는 파는 복잡한 사나이라고 몇 번이고 생각해 주고.

그럼 항상 몸 성히 잘 있어 주오.

가족의 안녕도 함께 빌면서.

시골에서 "등대지기" 사나이 파(波) 글

꿈의 공주님, 진에게

1965년 5월 25일

지금 정각 12시를 넘어서는 밤의 시간 온 세상 것들은 적막 속에 잠들고 우리 공주님 진(珍)은 무엇을 할까? 아마 꿈속에서 파(波)와 가냘프고 자지러지는 것들일랑 하며 시간을 즐기고 열심히 말하고 듣고 있을 거야, 분명히 말이요.

헌데 파는 우리 공주님의 영상 속에서 여덟 번째의 글을 적으며 두 젊음을 노래하는 순간이지. 밤이 매우 늦었지만 가장 보람되고 불만의 현실 속에서도 나 자신의 계절감을 발견해 보고 있어. 파, 진, 이들은 봄의 선녀(仙女)가 싣고 온 행복한 꿈을 찾고 알고 내일을 위해 준비하는 위치에서 거닐고 있을까? 생각해보오. 나는 오늘 일하면서 이런 생각 들었다오. 흙 속에서 살며 흙 속에서 일하는 나를 만족하게 해줄 여인이 이 세상에 꼭 살고 있을까? 아니 진은 흙 속의 파를 생각해보았을까? 실망할 거요. 별수 없이 주어진 파의 현

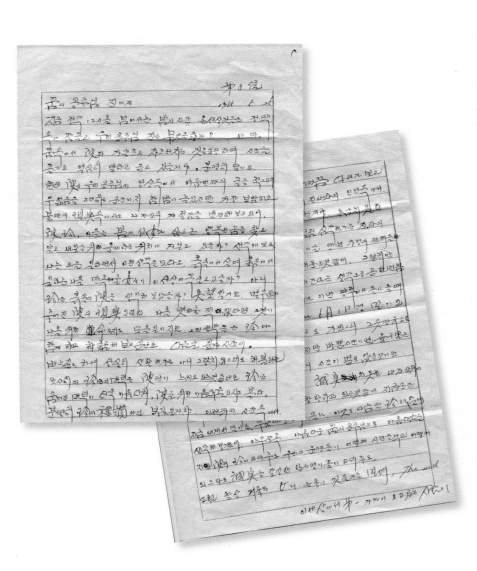

그 사람의 편지

실인 걸요. 나를 벗해줄 짝이 있다면, 그것이 나를 위한 운명(運命)인지도 모를 일이지요. 그런 생각들은 진과 함께 대화(對話)해 보고 싶군요. 다음날 깊은 시간에.

바느질도 하며 성실히 생활해가는, 아니 그렇지 않더래도 해보려는 요사이의 진의 매력은 파만이 느끼고 있는 것 같네요. 진은 숨어 있는 매력이 더욱 아름다워. 파를 위한 아름다움인지도 몰라. 분명히 진의 예찬(禮讚) 아닌, 보이는 모습일 거야. 이제까지의 시간 속에서.

꿈의 공주님 진이! 파의 집을 한 번쯤 다녀가 보고 싶지 않을까? 어떻게 되든 지금까지 진과 파의 인연 속에서. 하지만 분명히 파가 용납되지 않았을 거야. 용납하지 못한 파의 사정이라면 무엇들일까? 그것은 점점 심각해 가는 진, 파의 관계를 정신적인 뒷받침과 그 위에 일어날 양편 가정의 견해들과 또 서로의 소홀함을 피하기 위함인 것 같아. 그렇지만 여러 가지 생각을 떠나 친우 집을 놀러 간다는 생각으로 곧 한 번쯤 동강의 파의 집을 찾아와 주어. 그래 내가 이번 광주에서 돌아올 때 같이 동행(同行)해 볼까? 5월 말일이나 6월 1일경 말이요.

이번 광주행(行)은 29일 12시 버스로 가겠으니 그곳 정류소로 나오면 상면(相面)할 수 있을 것이오. 하지만 바쁜 시간이면 무리를 할 것 없소. 그 차로 광주를 바로 가야 하니 시간이 별로 없을 것이요. 성실을 갈망하는 나의 진이! 성실치 못한 내 자신 위에 알 수 없는 생각들이 알 수 없이 방황하고 있는 것 같아. 지금 순간 지금 내게서 말이요. 무엇 때문인지도 몰라 이것도 다음날 진과 함께 생각해보겠어. 아무쪼록 아름다운 꿈의 공주님으로 아름다움을 지닌 파(波)의 진(珍)이 되어주오. 우리의 운명들이 어떻게 시련을 겪고 어떻게 되더라도 성실을 갈망한 앉은뱅이 꽃이 되어주오.

그럼 항상 거룩한 Q의 은총이 깃들기를 빌며,

The end

이 세상에서 제일 가까이 오고 있는 사람이

행복을 갈망하는 진에게

초조한 시험장과 함께 어수선한 광주(光州)의 하루를 보내고 편안한 안식을 취하려는 나의 침실의 지금 순간, 말없이 진(珍)을 불러보는 나의 마음인가 하오. 어제는 무사히 집에 안착(安着)했는지 혹시 부모님께 늦게 왔다고 꾸중 들은 것이 아닐까? 나 때문에 광주까지 오는 등 고생시켜 미안하오. 이는 서로가 사랑했기에……

오늘도 막버스(BUS)로 나주를 지날 때 혹시 나오지나 않았나 하고 찾아보았으나 피로에 지쳐 누워 있을 것만 같은 생각이 나의 눈길을 가리어 찾을 수가 없었소. 하지만 가보고도 싶었지만, 막버스 시간인지라 다음 3일 날의 동강의 시간을 약속해보며 그냥 집으로 돌아오고 말았소. 섭섭하게 생각하지 말아요. 지쳐버린 진아, 행복을 갈망하는 나의 진아. 어떻게 하면 진의 마음에 행복을 넣어 주는 파가 될까? 찾는 자에겐 길이 있고 두드리는 자에겐 문이 열릴 것

뒤돌아보니 내가 거기 있었네

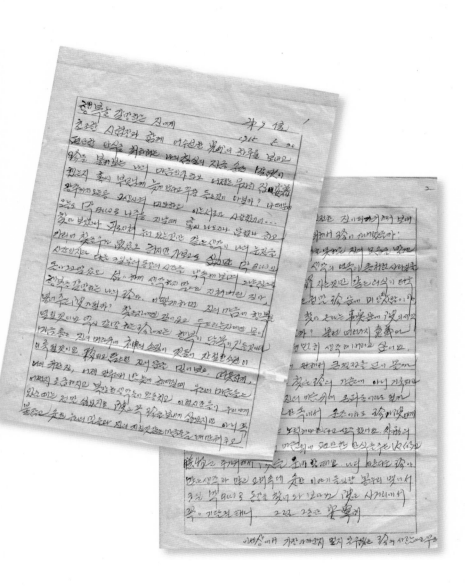

이요, 역시 갈망하는 진에게는 행복이 담뿍 깃들 것이다. 마음 좋은 진의 머리 위에 신(神)의 손길이 깃들어 간절한 소원이 이룩될 것이요. 복(福)되고 탐스러운 진의 앞을 믿어보오, 따뜻하게. 나의 귀한 진! 어제 광주에서 밤늦게 헤어질 때 우리의 마음들은 어쩐지 조급해지고 복잡한 생각들이 요동치고 이런 시간들이 우리에게 있을 때는 정말 싫었지요. 파는 정말 진을 보내기 싫었지만 아니 꼭 붙잡고 숱한 우리의 말들과 진의 지친 것 같은 마음을 매만져 주고 싶었지만, 부모님께 좀 더 착실하고 건전한 진이 되기 위해서 보내졌을까요? 아니면 다음 날 시간을 위해서 진이 가버렸을까?

나는 합승정류소에서 조급해서 갈피를 못 잡는 진의 모습을 발견했소. 그 모습들이 나의 마음 위에서 생각의 연속이 좀처럼 사라질 줄 몰랐지요. 분명히 파는 진에 죄를 지은 것만 같은 의식이 더욱 그날만의 시간이 계속되었네요. 나는 정말 진 앞에 미안한 사람이야. 마음씨 고운 진이, 그녀가 동강을 찾아온다는 사실 앞에 파의 생각은 무엇이며 진의 마음은 어떠할까? 물론 여러 가지 의의(意義)와 뜻을 지녔을 것이지만 나는 평범히 생각해 버리고 싶어요.

처음 생각은 이번에 우리에 관해서 큰 결정을 얻어 볼까 했는데 모처럼 파의 집을 찾는 진의 가슴에, 아니 거룩 되고 귀한 마음을 갖고 찾아오는 진의 마음 위에 큰 파동이라도 될까 두려워서, 이번에는 평범한 속에서 순간이라도 진과 파에게 좋은 시간이 되기 위해서 우리는 노력해야 한다고 생각했어요. 외형(外形)의 선물은 그만두더라도 진의 마음 위에 편안한 안식을 주는 내적(內的)인 선물을 주기 위해서 파는 준비할 때요. 나의 아름다운 진아, 많은 생각과 많은 고려 속에 숱한 이야기들일랑 봉우리 맺어서 3일 막버스로 동강을 찾아와 보아요. 파는 사거리에서 꼭꼭 기다릴 테니.

그럼 그동안 안녕히.

이 세상에서 가장 가까운지 먼지 알 수 없는

진(珍)의 사람으로부터.

진의 창가에

1965년 6월 26일

　몸성히 잘 있었소? 이 세상에서 파(波)와 제일 가까운 사람 진(珍), 두근거리는 가슴을 달래며 조심스러운 파의 편지를 기다리는 오늘의 진이었을까? 아니면 조용한 호수를 파와 거닐며 아름다운 앞날의 설계를 열심히 수놓아 가는 오늘의 진일까요. 어쩜 진의 전부를 몰라주는 억울함에 파를 몹시 미워하고 있는 당신의 오늘인지도 모를 일이지요.

　모두 내가 잘못했소. 파에겐 백조(白鳥)가 떠난 뒤 잔물결이 번지는 연못처럼 허전함과 쓸쓸함들이 내 방(房)과 내 마음 위에 더욱 심각해지는 요사이 파의 주변은 진의 음성만이 위로가 될 것 같군요. 어쩐지 석양의 엷은 햇살이 번지는 무렵 막버스가 올 시간이면 누가 올 것만 같기에 사거리 길을 달려가고 싶은 충동이 한두 번이 아니었군요, 진이 여기서 가던 날도 우리 둘은 서로 참기 힘들 정도

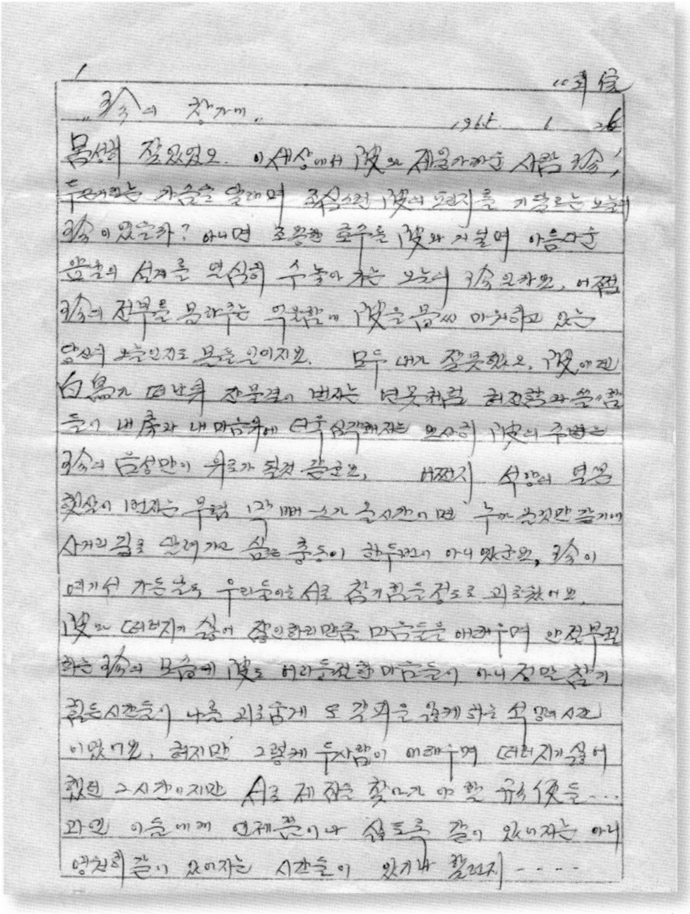

로 괴로웠어요. 파와 떨어지기 싫어 잔인하리만큼 마음들을 애태우며 안절부절못하는 진의 모습에 파도 어리둥절한 마음들이 아니 정말 참기 힘든 시간들이 나를 괴롭게 또 갈피를 잃게 하는 석양의 시간이었어요. 하지만 그렇게 두 사람이 애태우며 떨어지기 싫어했던 그 시간이지만 서로 제집을 찾아가야 할 형편들……

과연 이들에게 언제쯤이나 싫어지도록 같이 있게 되는 아니 영원히 같이 있을 수 있는 시간들이 있기나 할는지……

(중간 부분 결락)

파와 진은 언제나 꼭 소유할 테니 우리는 근심의 잔물결일랑 잊어버리고 안심하며 조용히 지금의 우리를 새겨보아요.

성실한 앉은뱅이꽃을 좋아하는 진,

나는 어느 날 어떤 집 정원을 구경했다오. 그 집 정원의 맨 저쪽에 조용히 소박하고 깨끗하게, 자신은 무어라 해도 순결하다고 피어 있는 한 송이의 흰 백합꽃. 나는 그 꽃에 마음을 모아보며 진을 생각해보았다오. 이 꽃처럼 진은 내 마음의 정원에 피어 있는가 하고 다짐해보며 내 입술은 그 꽃잎을 조용히 찾았어요. 순간 한 가지 새로운 사실의 발견은 더욱 아름다웠어요.

진하지도 않고 멀리 풍겨나지도 않은 고운 향기, 그는 꼭 흰 백합만이 지니고 있는 매력이었을까? 이도 역시 진을 닮아주었으면? 흰

색깔은 순결하고 잎사귀가 많지 않음은 오만하지 않고 조용하고, 짙은 향기가 아님은 고상한 인격을 나타내고, 화장을 하지 않은, 옅게 한 고상한 인격의 숙녀처럼 향기가 은은하고, 모든 꽃 중에서도 소박하게 피어 있는 이 정원에서 가장 가치가 높은 꽃이었다오.

한 송이 백합의 진!

오늘은 무엇 했고 내일은 무엇 해요? 무엇을 해도 흰 백합처럼 은은하게, 앉은뱅이꽃처럼 성실하게 오늘과 내일이 되어주길 바라오. 다음에 이 세상이 어떻게 되어도, 파가 어떻게 되어도 영원히 없어지지 않을 봉우리로 진의 사랑의 신(神)은 파를 위로해주리다.

나의 전부를 알아야 할 진!

요사이 복잡한 문제들이 나를 혼란케 하고 있다오. 사회가 압박하고 내 주변이 나를 몰라주고 남의 피해로 내가 고통을 당하고 나의 계획을 흔들어놓는 이 세상의 상처가 나를 괴롭히고 타인의 잘못에 나의 경제(經濟)가 침식당하고 그로 인해서 나의 활동이 위축되고 나의 사회적 신망(信望)이 추락하고 그로 인해서 나의 정신적인 면까지 침략당하고 나의 젊음을 헛되이 하고 마지막에 가서는 파와 진의 사이까지 영향을 미치게 될 복잡한 문제들이 흑구름처럼 일어나고 있어요. 참다못해 이 괴로운 것을 잊기 위해서 여행이라도 훌훌 가고 싶고 내가 존경하는 분을 찾아가서 얼마고 물어보고 그분의 주위에서 쉬었다가 올까도 해요. 곧 순간적으로 시간 문제로 박두하는 내 마음의 폭발 기운은 예측하기 힘들군요.

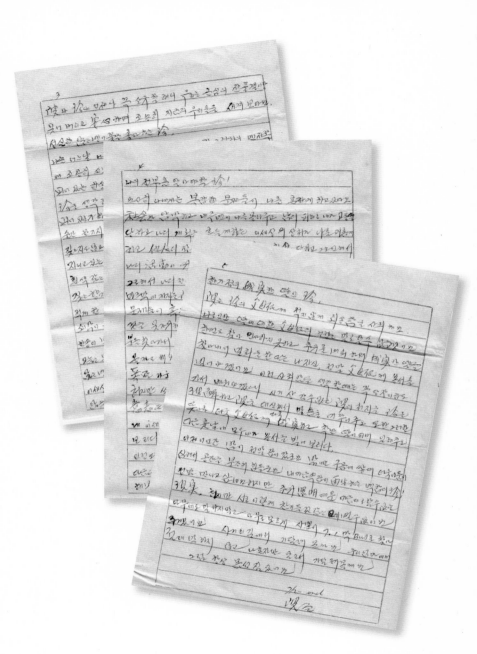

뒤돌아보니 내가 거기 있었네

하지만 씩씩한 기사처럼 용맹하게 나의 마음은 강직하고 굳은 의지로 아무리 힘든 것도 돌파할 것이라고 믿어주오. 내 이 세상 다하는 날까지 힘차게 거룩한 것들을 위해서 살아보리다. 언젠가 내 마음의 다짐은 나의 건전하다고 인정되는 나의 사상(思想)과 생각들을 못다 하고 나의 종말(終末)이 올 때는 다음의 자손에게 유산(遺産)처럼 상속시켜 결코 성취해볼 결심들이 있어요.

진아! 모두 알아주오.

한 가정의 성실한 딸인 진,

파는 진의 부모님께 적지 않게 죄송함을 사죄하오.

나로 인한 딸에 대한 부모님의 걱정은 말로 할 수 없을 것이오. 한 번도 찾아 인사하지 못하고 주위를 배회하며 성실한 딸을 찾아내어 밀회를 한다는 나 자신, 정말 부모님께 용서를 빌어야겠어요. 이런 사죄함을 생각할 때는 꼭 당장이라도 가서 뵈어야겠으나, 시기상 갈 수 없는 파의 처지를 진은 이해하고 파를 대신해서 말씀을 여쭈어주오. 또한 그러한 뜻으로 부모님께 더욱 성실하고 착한 딸이 되어 일해주오. 다음 훗날에 내가 용서를 빌어보리다.

이제 어언간 밤이 정말 깊어졌군요. 밖에는 구름에 싸여 더욱 어둠이 심해서 공간을 분간키 힘들군요. 내 마음속 깊이 재생(再生)하는 백합의 진!

정말 만나고 싶네요. 하지만 주위 조명(照明) 때문에 마음대로 할 수 없는 현실. 서로 이렇게 참기 힘들 것 같은데 별수 없어요.

아무에게도 말하지 말고 아무도 모르게 사뿐이 7월 1일 막버스로 찾아주겠어요? 사거리 길에서 기다려볼까요? 우리 엄마에게 말하지 않고 나 혼자만 알고서 기다려볼게요.

그럼 항상 몸 성히 잘 있어요.

The end

파(波) 글

뒤돌아보니 내가 거기 있었네

명상의 뒤안길에서 진에게

1965년 7월 18일

또 하루가 덧없이 갔습니다.

우리들의 그토록 많은 바램과 그리움, 아쉬움과 서글픔, 아니 갈급해서 울부짖는 아우성들을 크나큰 어두움으로 휩싸 안은 채 외면해버리고, 내일이라는 가난한 희망의 여운을 두고 소리 없이 또 하루가 가버린 밤의 지금 시간입니다. 나는 가만히 창문을 열어봅니다.

대자연(大自然)의 위력(偉力) 앞에 어둠에 감싸여 외로이 서 있는 나무들만이 뜰을 지키고 있습니다. 이 세상 지금 시각에도 뜰앞에 고독히 서 있는 나무처럼 외로움을 달래면서 조용히 하루의 명상에 잠겨 있는 사람……

(이하 결락)

명상의 뜰 앞에서 진에게

1965년 7월 20일

하루의 피로를 풀고 안식(安息)할 수 있는 밤의 고요함이 또 내게
왔습니다.

내 귀한 당신에게도 가장 조용한 밤의 안식이 찾아왔겠지요. 그
속에 오늘쯤 도착되었을 파의 음성(편지)을 읽고 있는 지금 순간인
지 몰라. 내게도 당신의 어제 도착된 글을 읽어 보았소. 어쩜 그래
서 또 펜(pen)을 들게 되었을까? 인생은 원래 고독한 것이었다지만
그러나 지금 고독을 느낄 때는 벌써 고독이 아닌 상태라는 말이 되
네요. 사랑은 자기를 위하는 것이 아니라고 한다지요. 벌써 자기를
생각할 때는 참사랑은 아닌 상태라는 말이 되네요, 행복은 혼자서
느끼는 것이 아니라고 한다지요. 벌써 나 혼자서 행복하다고 말함
은 곧 행복이 아닌 상태를 알려줌이 되네요. 희생은 나를 벗어나서
이룩된다지요…… 이미 나를 생각하고 있을 때는 희생이 아닌 것을

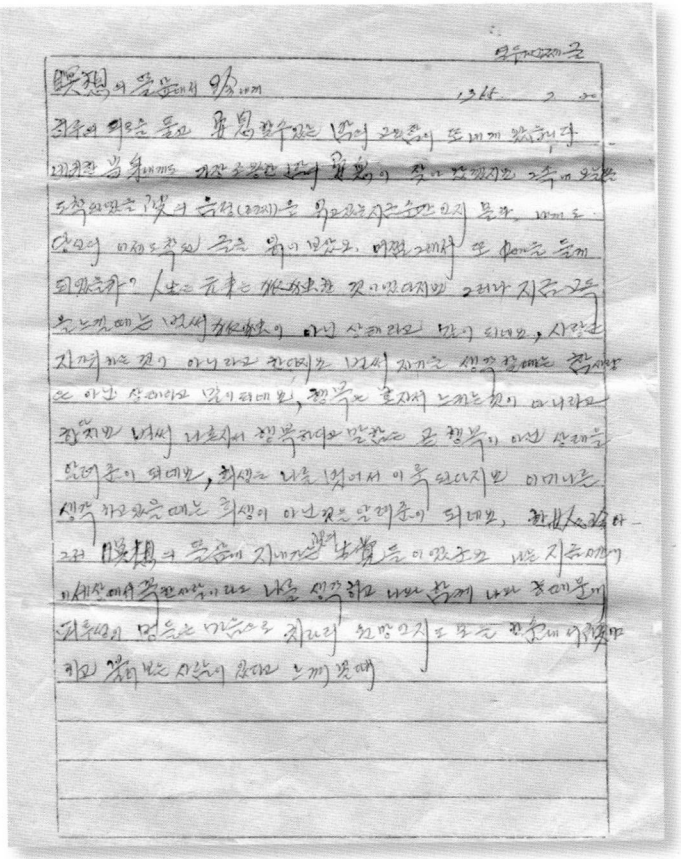

알려줌이 되네요. 한 여인(女人) 진아, 그저 명상(瞑想)의 뜰앞에 지나가는 파의 생각들이었군요. 나는 지금 시간에 이 세상에서 꼭 한 사람이라도 나를 생각하고 나와 함께 나 때문에 피투성이 멍들은 마음으로 차라리 원망인지도 모를 한숨에서 파야, 하고 불러보는 사람이 있다고 느껴볼 때……

　(이하 결락)

　　　　　　　　　　　　　뒤돌아보니 내가 거기 있었네

가을의 여인, 진에게

조락(凋落)의 가을!

생각만 해도 센티한 정서와 사색(思索)이 솟아나는 말이다.

스산한 바람결에 모이를 찾는 산새처럼 한 잎 두 잎 지면(地面)에 반원을 그리는 가을의 사색, 저절로 몸과 마음이 채워지는 계절이군요.

깊어만 가는 가을밤 어느 때인가는 슬퍼지기도 하는 마음이 잉태되면서 이름 모를 고독한 고민에 애태워 보기도 하지요. 이 모두가 젊음과 인생의 시대성(時代性)이며 당연한 마음들의 계절풍으로만 돌리기에는 너무도 이유들이 많습니다.

이 순간 이 한밤에도 가을을 말하고 인생의 가장(최상)자리에 서서 젊은 현실을 구가(謳歌)하는 군상(群像)들 가운데서도 어떤 젊은 이들은 사랑의 절벽에 부딪혀 헤어날 길 없는 부조리(不條理)한 현

가을의 女人 珍에게

凋落의 가을!

悲哀만 해도 신 지혜로운 정서와 思索이 솟아나는 때이다.

스산한 바람결에 모이즈 찾는 산새처럼 한없이 서운한 天涯에 번져온 그리운 가을의 思索, 저절로 몸과 마음이 쇠해지는 黃昏이요 땅에 떠는 가슴팍 어데인가는 슬퍼지려 하는 마음이 일어오며서 이 슬픔은 永久한 그늘 아래에 보이고 하지요. 이 무슨 화물과 人生의 영상사랑이며 양면한 마음속의 체험으로만 풀리는데요 너무나 깊은 思念이 많으니라. 이즈음 이마음에서 가을을 맞고 人生의 가장(최고) 자리에서 젊은 閨愁을 謳歌하는 群象들 가운데서도 어찌없는 이들은 사랑의 꽃밭이 무엇이 깨어스 슬픔없는 不幸하게 한 외로운 꽃을 애끼우며 서러워하며 가을을 외로이 하는 무리들이 또한 있기도 하였지요.

가을의 女人 珍에게!

가을의 人幸의 곳에 떠드러며 음악처럼 내 인생으로 비가 속으로 흐른다. 当身의 노곤한 조용한 정성에까지 나의 마음 저절로 끌리어가는 미쳐오리라. 음악을 보내드립니다. 머리에 꽃에 珍에 맘껏 아으즈려서 보내 저기 바람버버 가을속의 가슴 산들 꽃밭에 저서버저라 오오란 珍의 사랑에 정부의 어린애처럼 우는 이친 깊은 가슴속

실을 애태우며 번민하면서 가을을 괴로워하는 두 젊은이들이 또한 있기도 하겠지요.

가을의 여인, 진아!

가을의 율동(律動)인 듯이 '귀뚜라미' 음악 소리 내 집 앞뜰에서 들려옵니다. 당신의 조용한 침실에까지 나의 애타는 긴 사연을 가득 실어 이 '귀뚜라미' 음악을 보내드립니다. 여기에 파에서 진까지 말 못한 사연들이 보내지기 바랍니다.

가을의 호수가 잔잔한 물 위에 정서처럼 고요한 진의 사랑에 철부지 어린애처럼 돌을 던진 파의……

(이하 결락)

진에게

지루한 것 같았지만 그런대로 며칠이 안 남았군요.

오늘 당신 글 받았어요. 생각 못 했는데 나주에 와 있는 모양이군요. 부모님들이랑 안녕하시고 동생들도 잘 있는지─. 어쩐지 내 자신 위치를 못 지키고 인사가 없는 것 같아 당신 부모님께 죄송도 하구먼. 하지만 언젠가는 진의 마음이 시원하게끔 당신 집에 가게도 될 거야.

여보, 진!

이곳에 온 모든 것들은 밝은 전망(展望)이야. 또 의외의 일이랑 생겨 잘하면 우리들의 앞날에 큰 전환기(轉換期)가 될지도 몰라.

아무튼, 3주간의 시간이 어떤 면에서든 헛된 시간은 아니고 좀 더 보람 있는 유익한 시간으로 파는 다짐해 보고 있어.

그리고 새삼스러운 것 같지만, 이번 재경(在京) 동안 발견한 것도 많아. 우리 만나면 좋은 이야기 많을 거야.

뒤돌아보니 내가 거기 있었네

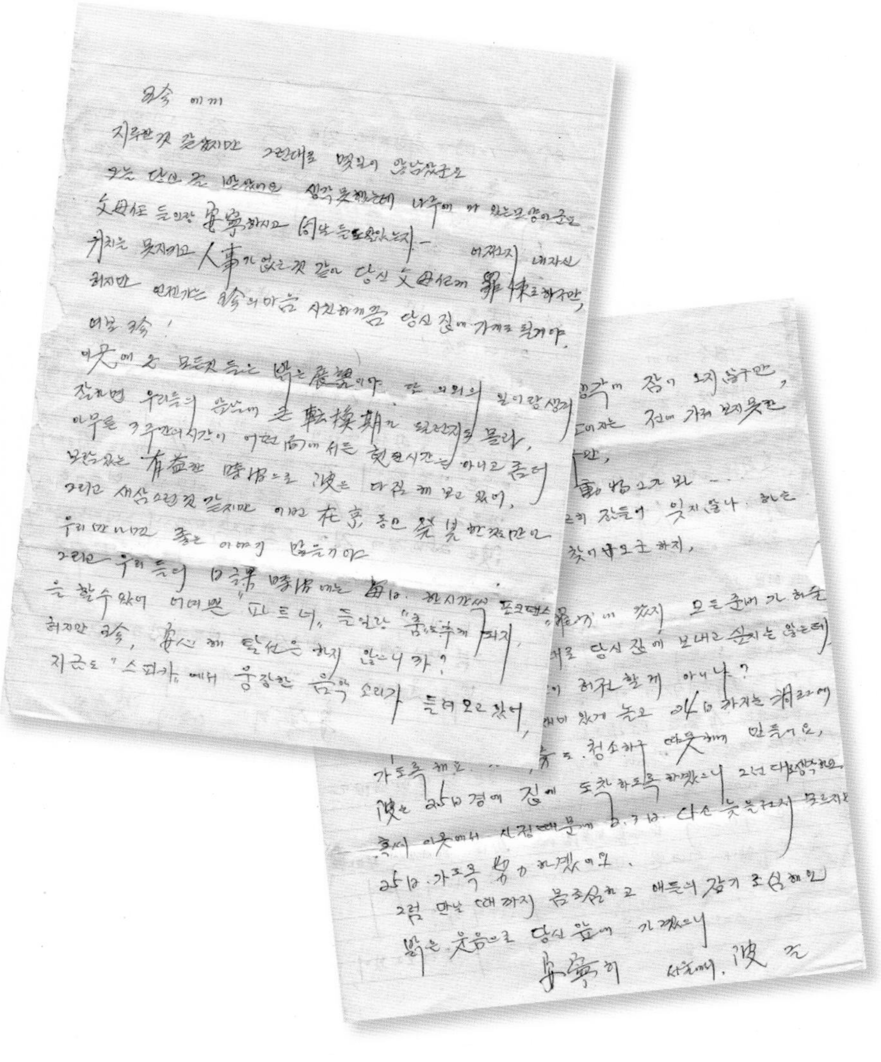

그리고 우리의 일과시간에는 매일 한 시간씩 '포크댄스'를 할 수 있어. 어여쁜 '파트너'들일랑 '춤'도 추게 되지. 하지만 진, 안심해. 탈선은 하지 않으니까. 지금도 '스피커'에서 웅장한 음악 소리가 들려오고 있어.

진! 10시에 취침하면 집안 생각에 잠이 오지 않는구면. 그리고 '통'이랑 또 아기도 보고 싶어지는, 전에 가져 보지 못한 생각들이 밤 12시를 넘기고 있구면.

인생은 역시 가정을 수반한 동물인가 봐……

또 지금쯤 낮에는 일하고 피곤하게 잠들어 잊지 않나 하는 진의 그리움들이 밤이면 꼭꼭 찾아오곤 하지.

그런데 진! 어떻게 아무 말 없이 나주(羅州)에 갔지? 모든 준비가 허술했을 텐데. 파는 그런 상태로 당신을 집에 보내고 싶지는 않은데. 우선 당신 부모님 마음이 허전할 게 아니야?

아무튼, 이왕 갔으니 재미있게 놀고 24일까지는 동강(洞江)에 가도록 해요. 가서 방도 청소하고 따뜻하게 만들어요.

파는 25일경에 집에 도착하도록 하겠으니 그런대로 생각하오. 혹시 이곳에서 사정 때문에 2, 3일 다소 늦을는지 모르지만 25일 가도록 노력하겠어요.

그럼 만날 때까지 몸조심하고 애들의 감기 조심해요.

밝은 웃음으로 당신 앞에 가겠으니. 안녕히

서울에서 파(波) 글

뒤돌아보니 내가 거기 있었네

진영(珍榮) 엄마에게

1970년 1월 6일

당신과 온 가족의 염려지덕(念慮之德)으로 무사히 서울에 돌아왔소. 나의 진로(進路)가 밝은 서울에 돌아오고 나니 마음도 한결 가볍군요. 영하 20도의 강추위였지만 내 마음은 포근한 가운데 오늘도 나의 일과를 마치고 집에 와서 자리에 누웠으나 이런저런 생각에 잠 못 이루다가 다시 불을 켜고 일어나 펜을 들었구려. 새벽 한 시.

진! 아빠는 앞으로 밝은 전망이 뚜렷하니 당신도 함께 기뻐하구려. 이번 연초(年初)가 시작되어 다시 업무가 배정되었는데 지난번보다 약 3만 원 정도가 추가된 배당을 받게 되어 이달은 약 7만 원 정도가 예상되는구려. 잡수입도 2일 근무했는데 9천 원 정도니 눈 뜨기도 부드럽고. 지출도 대신 많지만……

그런데 워낙 돈 쓸 곳이 많구려. 이곳에 와보니 ○○이가 월남 간

뒤돌아보니 내가 거기 있었네

다고 만 원만 보내달라고 하는 누님도 말이 아니고 정말 짜증이 나지만 어째야 할지······

허나 할머니 제사도 닥치고 지붕도 새로 이어야 하고 가용돈이 필요할 것 같아 약 5천 원 정도 지금 보내니, 그렇게 알고 당신도 그 속에서 천 원만 용돈으로 쓰구려.

진! 미안하오. 당신 고생하는 것 파도 잘 알고 있고, 나도 곧 당신과 함께 있을 생각이니 조금만 참고 기다려주구려. 아빠의 진로(進路)가 곧 밝게 되어 있으니 안심하고 인내해주오. 우리 새끼들과 온 가족이 함께 살고 싶은 아빠의 심정이 이해가 될 줄로 믿으오. 당신 이제까지 고생했던 모든 것을 아빠가 감싸주고 함께 동고동락(同苦同樂)을 곧 하겠소.

지난날 언젠가 진과 파의 시절에 희생과 사랑과 인내와 기도가 함께 했던 숭고한 두 손 이야기를 내가 한 적이 있지요. 지금 나는 거칠어진 당신의 손을 마치 그렇게도 연상해보며 아빠를 위한 당신의 손으로써 지금 시련을 겪고 있는 것이 아닐까 생각해보오.

아무튼 파는 귀여운 아이들과 진과 함께할 생활을 곧 만들겠소. 그리고 어머니께 할머니 제사 지내고 어지간하면 서울에 오시라고 하구려. 그렇게 했다가 설에 하향(下鄕)하시도록 말씀드려요.

그럼 내일쯤이나 송금하겠소.

안녕히.

파(波)가

당신 생각이 간절하군요

진영 엄마께.

그간(其間)도 가사(家事)에 별고 없으며 당신도 몸 성히 잘 있는지?

오늘은 유독 고독함을 느끼면서 펜을 들었소.

토요일이면 '가정의 날'이라고 라디오 방송과 TV가 떠들어대지만 나에게는 집에 와도 쓸쓸하고 재미없으니 시내 다방에서 가정의 날을 보내기가 일쑤였는데, 오늘은 그도 못 되어 이불 속에 몸을 맡긴 채 누워 있은 지도 3일이 지나고 보니 정말 외로웁고 당신과 아이들 생각이 간절하군요. 몸이 아파서 누웠지만 누가 시중들어 줄 사람도 없고 신경질은 나고 정말 미칠 지경이에요. 그동안 몸을 무리한 탓인지 몸살 같은데, 심하게 아파서 출근도 못 하고 누워 있게 되었소. 아마 다음 월요일에는 출근할까 하오.

그리고 ○○이가 학교를 가게 되어 밥해 먹을 사람이 없어 불편

그간은 家事에 別고없으며 當身도 몸성히 잘있지요

오늘은 休日이라 하루... 그것... 보...

토요일이면 가정에 돌아와 아이들 방송과 T.V...

...

順子

하니 당신이 곧 올라올 준비가 되어야겠소. 나도 더 이상 혼자 있기도 힘들고 하니 준비하구려. 그럼 또 곧 소식 알리겠소.

파(波) 글

뒤돌아보니 내가 거기 있었네

제3부
부모님 전 상서

첫째 며느리의 편지 1997년 12월 12일

서울은 무척 춥지도 이유도 모여는 제법 찬바람이 불어요

열나도 현상으로 비도 많이 오고도 멀리 보여는 높은 산엔

눈도 제법 쌓여 있어요

아기 사진이 나와서 친정 어머니 서울 가시도 전에 부처달라고

했읍니다 여기서 부치려니까 크리스마스랑 연말이나 되여야

도착한다고 해서도. 영주는 벌써 제법 울도 웃고 신생아

짱달기도 많이 가셨어요 매일 새로운 표정이 하나씩 생기고요.

울음소리도 얼마나 큰지 몰라요. 아버님, 어머님 보시면 참

좋아하실 것 같은데 함께여 여의치 않아 아쉽습니다

빨리 곧 나아져야 할텐데도

또 사진이랑 소식 드리겠읍니다. 추위에 건강 조심하세요

1997. 12. 12   희정 올림.

뒤돌아보니 내가 거기 있었네

아버님, 어머님께

아버님, 어머님 안녕하세요?

서울은 무척 춥지요? 이곳도 요새는 제법 찬바람이 불어요.

엘니뇨 현상으로 비도 많이 오고요. 멀리 보이는 높은 산엔 눈도 제법 쌓여 있어요.

아기 사진이 나와서 친정어머니 서울 가시는 편에 부쳐달라고 했습니다. 여기서 부치려니까 크리스마스라 연말이나 되어야 도착한다고 해서요. 형주는 벌써 제법 살도 붙고 신생아 황달기도 많이 가셨어요. 매일 새로운 표정이 하나씩 생기고요.

울음소리도 얼마나 큰지 몰라요. 아버님 어머님 보시면 참 좋아하실 것 같은데 형편이 여의치 않아 아쉽습니다.

빨리 좀 나아져야 할 텐데요.

또 사진이랑 소식 드리겠습니다. 추위에 건강 조심하세요.

1997. 12. 12. 희정 올림

첫째 아들의 편지 1998년 3월 8일

어머님, 아버님 안녕하십니까?

여기에 형문주 100일 사진하고 그동안 적었던

사진을 동봉하여 보냅니다.

그리고 저희는 여기에서 잘 보내고 있습니다 문화

형문주가 많이 컸습니다 이제는 많이 웃고 조금 있으면

몸을 뒤집을줄 알떠 같습니다 그리고 요구사항도 많아지고

짜증도 부리고 같이 울기도 합니다.

그러면 늘 건강히 계십시오. 전화 드리겠습니다.

1998. 3. 8

안 천 올림

형주가 백일이 되었습니다

어머님, 아버님 안녕하십니까?

여기에 형주 100일 사진하고 그동안 찍었던 사진을 동봉하여 보냅니다.

그리고 저희는 여기에서 잘 보내고 있습니다. 또한 형주가 많이 컸습니다. 이제는 많이 웃고 조금 있으면 몸을 뒤집을 줄 알 것 같습니다. 그리고 요구사항도 많아지고 짜증도 부리고 많이 울기도 합니다.

그러면 몸 건강히 계십시오. 전화드리겠습니다.

1998. 3. 8.
안철 올림

첫째 며느리의 편지 1998년 7월 21일

아버님 어머님 안녕하세요?
아가씨하고 도련님도 잘있죠?
저희도 모두 건강하게 잘 있읍니다.
한국은 이제 장마도 끝나고 무더운 날씨겠네요. 이곳도
굉장히 뜨거운 날씨가 계속되고 있읍니다.
저와 현규는 보험을 들어서 7月 15日부터 보험 혜택이
시작됐어요. 산 보험을 들은 것이라서 평소에는 별 소용이
안되고 큰 병이 나거나 복잡한 검사가 필요할 때
혜택이 있는 거에요.
현주 머리카락을 짤라주고 기념으로 적은 사진과 그동안
적어놓고 안 보내드렸던 사진을 몇장 넣었어요.
줄 기어다니고 붙들고 서서는 걷기도 합니다. 물장난을 좋아하고
겁없이 큰 아이들한테도 막 덤벼요. 저금은 더위를 먹으며
놀라데 벗었더니 좋다가 저 그림책을 보며 놀고 있어요.
예비도 공부 열심히 하고 있고 요새는 미국이 아니면
못해 본다고 수염을 기르고 있어요. 근처 호숫가에 갔다가
찍은 사진에 있을 거에요. 여긴 그 스타일로 수염
기르는 사람이 많거든요.
연일 뉴스로 심각하게 한국의 경제에 대한 어려움을 보고
있어요. 여러가지로 너무 힘드실 것 같아 걱정이 됩니다.
건강 해치지 않게 조심하세요.
아기를 옆에 두고 쓰느라 이만 줄여야 겠읍니다.
동강대는 따로 몇 장 보낼께요.
안녕히 계세요.

                                    1998. 7. 21.
                                        희정 올림.

뒤돌아보니 내가 거기 있었네

애비는 수염을 기른답니다

아버님, 어머님 안녕하세요?

아가씨하고 도련님도 잘 있죠?

저희도 모두 건강하게 잘 있습니다.

한국은 이제 장마도 끝나고 무더운 날씨겠네요. 이곳도 굉장히 뜨거운 날씨가 계속되고 있습니다.

저와 형주는 보험을 들어서 7월 15일부터 보험 혜택이 시작됐어요. 싼 보험을 들은 것이라서 평소에는 별 도움이 안 되고 큰 병이 나거나 복잡한 검사가 필요할 때 혜택이 있는 거예요.

형주 머리카락을 깎아주고 기념으로 찍은 사진과 그동안 찍어놓고 안 보내드렸던 사진을 몇장 넣었어요.

잘 기어 다니고 붙들고 서서는 걷기도 합니다. 물장난을 좋아하고 겁 없이 큰 아이한테도 막 덤벼요. 지금은 티슈를 뽑으며 놀기에 뺏었더니 울다가 제 그림책을 보며 놀고 있어요.

애비도 공부 열심히 하고 있고, 요새는 미국이 아니면 못해 본다고 수염을 기르고 있어요. 근처 호숫가에 갔다가 찍은 사진에 있을 거예요. 여긴 그 스타일로 수염 기르는 사람이 많거든요.

연일 뉴스로 심각하게 한국의 경제에 대한 어려움을 보고 있어요. 여러 가지로 너무 힘드실 것 같아 걱정이 많습니다.

건강 해치지 않게 조심하세요.

아기를 옆에 두고 쓰느라 이만 줄여야겠습니다.

동강에는 따로 몇 장 보낼게요.

안녕히 계세요.

1998. 7. 21

희정 올림.

생신 축하드립니다

생신 축하드립니다.

어려운 때에 고생이 많으실 텐데 생신에 찾아뵙지도 못하고 이렇게 대신하게 되어 죄송하고 안타깝습니다. 그래도 올해에는 둘째 서방님네가 있어서 덜 적적하실 것 같아 다행입니다.

저희는 공부도 열심히 하고 있고 형주도 무럭무럭 잘 커줘서 곧 좋은 결과가 있으리라 믿습니다. 조금만 기다려주세요.

또 연락 드리겠습니다.

안녕히 계세요.

1998. 9. 1

안철, 희정 올림

P.S. 따로 소포로 아버님, 어머님 작은 선물을 부쳤는데 마음에 드실지 모르겠습니다.

뒤돌아보니 내가 거기 있었네

아버님, 어머님 안녕하세요?
서방님과 동서 도련님, 아가씨도 잘있죠? 그리고 일주는
너무 예뻐졌어요. 벌써 백일이 다 되어가는것 같네요. 그맘때가
아가는 제일 예쁠것 같은... 아직도 춥죠? 이곳은
없을 듯한 눈국신 날씨
보셔서 차들을 저대돌 수
받네도 많고 밤도 별로
열바뀌는데 달을 연고로 보
칠려니 눈살 따라오요
가르키도 '오 저자' 하면
도 여쁘게도 그런데 그
하지 말고 하는건 안하는거
가 따라 하기 위해요
하고 하지 말라는 전 꼭
짤아버지가 싫어 계시면
많은 전연것 같아요. 이곳
TV에선 계속 영어가 나
했는데 제 스스로 배우도록
함여서도, 서작은 곰 늦어
좋을 거예요.
3월에 아버님께서 다녀가시
예쁘겠거든요. 한국 가기
찍은 사진 많을 같이
같스럽게 가게 한내 올려두고
 흥부에 손 낳 목욕하고
발가벗고 앙앙만 쓴도
빨리 경과 좋아져서 ...
도 먼저 드릴께요
모두 건강하라고 ... 친해수세요

아버님, 어머님 안녕하세요?

예비 학교 등록금 낸 영수증과 형주 사진, 예비 생일 사진,
그리고 여행사 광고문을 보내드립니다.
세 회사 모두 이곳에서 잘 알려진 회사입니다.
3박 4일로 제일 좋은 코스는 옐로스톤 국립공원과
역시그의 한촌이라고 합니다. 가격이 모두 차이가
있는데 한국에서 비행기표를 사실때 여행사를 통해
이 광고에서 마음에 드는 코스를 예약할수는 없는지
알아보시고 가격을 비교해 보시는 것도 좋을 것 같습니다.
한국에서 오는 단체여행사들은 이 여행사들을 통해 미국에서
움직이고 있습니다. 이곳에서 예약해도 한국에서 온
단천일과 함께 여행하게 되거든요.

날씨가 더워져서 어머님 주방에서 일하기 너무 쉽드시겠
어요. 이곳도 이제 폭염이 시작되었지만 습하지 않고
냉방이 잘 되어서 햇볕에 걸을 일만 없으면
견딜만 합니다. 아직 아침 저녁으로는 선선하구요.
이곳은 9월에 여름 끝산 위에 다시 찾아오는 인디언
섬머가 가장 멋있다고 합니다. 그리고는 가을이 거의 없이
한국의 늦가을 같은 겨울이 바로 옵니다. 겨울 내내
하늘을 보면 한국 생각이 나요. 사실 한국도 가을이
짧은데 가을 하늘이 늘 생각나는 이유를 모르겠어요.

지금은 형주 낮잠 시간인데 이 시간에 빨래하고 점심
설거지하고 저녁 준비 하거든요. 제일 바쁘기도 하고
편하기도 한 시간이에요. 세탁실에 빨래 넣어다서 형주
일어나기 전에 가봐야 하거든요. 또 연락드릴께요.
아버님, 어머님 안녕히 계세요.
99. 6. 17. 희정 올림.

형주가 많이 예뻐졌어요

아버님, 어머님 안녕하세요?

서방님과 동서, 도련님, 아가씨도 잘 있겠죠? 그리고 일주는 너무 예뻐졌겠네요. 벌써 백일이 다 되어가는 것 같네요. 그맘때가 아기는 제일 예쁜 것 같던데요.

한국은 아직 춥죠? 이곳은 한국에서는 일 년 중에 며칠밖에 없을 듯한 눈부신 날씨가 계속되고 있어요. 낮에는 눈이 부셔서 하늘을 쳐다볼 수가 없어요. 공기가 맑아서인 것 같아요.

밤에는 달도 밝고 별도 많아요. 형주 눈에도 달이 예쁜지 얼마 전에는 달을 손으로 가리키며 뭐라고 하길래 달이라고 가르쳐줬더니 곧잘 따라 해요. 달 보러 나가자고 하면 하늘을 손가락으로 가리켜요. "코 자자" 하면 "코" 따라 하고 "가자"도 하고 '좋아 좋아'도 따라 해요. 그런데 그중에서 제일 확실히 하는 게 '노(No)'예요. 하지 말라고 하는 건 안 하는데 "안 돼"와 "No"를 같이 했더니 "No"가 따라

뒤돌아보니 내가 거기 있었네

하기 쉬웠던 모양이에요. 자기가 싫어도 "No"라고 하고, 하지 말라는 것 앞에서는 "No?" 하며 쳐다봐요.

할머니 할아버지가 옆에 계시면 말 배우는 게 훨씬 빠를 텐데, 좀 늦는 편인 것 같아요. 이곳 아이들이 말을 좀 늦게 배우거든요. TV에선 계속 영어가 나오는데 엄마 아빠는 한국말을 하니까요. 영어는 제 스스로 배우도록 하고 우리말과 글을 열심히 가르칠 참이에요. 시작은 좀 늦어지더라도 나중에 두 가지가 다 유창하면 좋을 거예요.

3월에 아버님께서 다녀가셨으면 했는데 섭섭하네요. 형주, 많이 예뻐졌거든요. 한국 가기 전에 찍었던 거랑 한국 다녀와서 찍은 사진 몇 장 같이 넣었어요. 동네 놀이동산도 가고 팜스프링 산에 올라가서 눈도 보고 왔어요. 농구대도 사 줬고요. 농구대 산 날 목욕하자고 해도 안 하고 농구만 한다고 해서, 빨가벗고 양말만 신은 채로 사진 찍어 줬어요.

빨리 경기가 좋아져서 식구들이 서로 다녀가기 쉬워졌으면 좋겠어요.

또 편지 드릴게요. 아버님, 어머님 건강하시고 다른 식구들도 모두 건강하라고 전해 주세요.

안녕히 계세요.

1999. 2. 27

희정 올림

부모님 전 상서

한국의 가을하늘이 생각납니다

아버님, 어머님 안녕하세요?

애비 학교 등록금 낸 영수증과 형주 사진, 애비 생일 사진, 그리고 여행사 광고문을 보내드립니다.

세 회사 모두 이곳에서 잘 알려진 회사입니다.

3박 4일로 제일 좋은 코스는 옐로스톤 국립공원과 멕시코의 칸쿤이라고 합니다. 가격이 모두 싸지는 않은데, 한국에서 비행기 표를 사실 때 여행사를 통해 이 광고에서 마음에 드는 코스를 예약할 수는 없는지 알아보시고 가격을 비교해 보시는 것도 좋을 것 같습니다.

한국에서 오는 단체여행들은 이 여행사들을 통해 미국에서 움직이고 있습니다. 이곳에서 예약해도 한국에서 온 단체팀과 함께 여행하게 되거든요.

날씨가 더워져서 어머님 주방에서 일하기 너무 힘드시겠어요. 이곳은 이제 폭염이 시작되었지만 습하지 않고 냉방이 잘 되어서 햇볕에 걸을 일만 없으면 견딜 만합니다. 아직 아침저녁으로는 선선하고요.

이곳은 9월에 여름 끝난 뒤에 다시 찾아오는 인디언 썸머가 가장 덥다고 합니다. 그리고는 가을이 거의 없이 한국의 늦가을 같은 겨울이 바로 옵니다. 겨울 내내 하늘을 보면 한국 생각이 나요. 사실 한국도 가을이 짧은데 가을 하늘이 늘 생각나는 이유를 모르겠어요.

지금은 형주 낮잠 시간인데 이 시간이 빨래하고 점심 설거지하고 저녁 준비하거든요. 제일 바쁘기도 하고 편하기도 한 시간이에요. 세탁실에 빨래 넣어놔서 형주 일어나기 전에 가봐야 하거든요. 또 연락드릴게요.

아버님, 어머님 안녕히 계세요.

1999. 6. 17.

희정 올림

첫째 아들 부부의 엽서 1999년 12월 11일

Peace to you.
Happy Holidays

아버님, 어머님, 아가씨 그리고 도련님
모두 많이 보고싶고 사랑합니다
걱정만 끼쳐드리는 저희지만 늘 가족생각
많이 하고 있어요 기쁨과 행복이
가득한 성탄과 새해를 맞으시길 바랍니다
건강하세요
99.12.11 안철, 희정 올림

뒤돌아보니 내가 거기 있었네

모두 보고 싶고 사랑합니다

아버님, 어머님, 아가씨 그리고 도련님
모두 많이 보고 싶고 사랑합니다.
걱정만 끼쳐드리는 저희지만
늘 가족 생각 많이 하고 있어요.
기쁨과 행복이 가득한
성탄과 새해를 맞으시길 바랍니다.
건강하세요.

1999. 12. 11

안철, 희정 올림

첫째 며느리의 편지 2000년 4월 26일

아버님, 어머님 안녕하세요?

아가씨두 도련님두 잘 있었죠?

가자마자 사진 인화해서 보내드린다는게 이제야

보내드리게 되네요.

서울은 봄날씨가 너무 좋겠어요. 이곳은 이제 여름이

시작되고 있어요. 긴 여름을 뒤뚱거리면서 어떻게 날지

벌써 걱정이에요.

현주는 아직도 며칠 동물원 가자고 졸라요. 할아버지

할머니하고 갔던걸 잊지 않았네요. 할아버지, 할머니가 사주신

것, 할머니가 스케치북에 그려주신 그림, 다 정확하게

기억하고 있어요. 아직 아기인거 같은데 제 생각보다

많이 큰 것 같아요. 현주가 유치원에서 그린 그림도

두 장 넣었어요. 두뇌 개발보다 감성 개발에 많이

신경쓰는 것 같아요. 프로그램이 참 좋은 것 같아요.

며칠 전에는 유치원에서 전화 조랑말도 탔어요.

상황이 어려우신데도 저희 생각해서 같이 다녀주셔서 정말

좋은 것 보고 즐거운 기억을 담을 수 있어서

저희는 고마운 말을 드리고 싶었어요. 정말 고맙습니다.

아범 공부도 애기 키우는 것도 모두 열심히

노력할께요. 모두 건강하시고 안녕히

계세요.

2000. 4. 26. 희정 올림

뒤돌아보니 내가 거기 있었네

아버님, 어머님, 고맙습니다

아버님, 어머님 안녕하세요?

아가씨도 도련님도 잘 있지요?

가시자마자 사진 인화해서 보내드린다는 게 이제야 보내드리게
되네요.

서울은 봄 날씨가 너무 좋겠어요. 이곳은 이제 여름이 시작되고
있어요. 긴 여름을 뒤뚱거리면서 어떻게 날지 벌써 걱정이에요.

형주는 아직도 매일 동물원 가자고 졸라요. 할아버지 할머니하
고 갔던 걸 잊지 않네요. 할아버지, 할머니가 사주신 것, 할머니가
스케치북에 그려주신 그림, 다 정확하게 기억하고 있어요. 아직 아
기인 것 같은데 제 생각보다 많이 큰 것 같아요. 형주가 유치원에서
그린 그림도 두 장 넣었어요. 두뇌 개발보다 감성 개발에 많이 신경
쓰는 것 같아요. 프로그램이 참 좋은 것 같아요.

며칠 전에는 유치원에서 진짜 조랑말도 탔어요.

상황이 어려우신데도 저희 생각해서 같이 다녀주셔서 정말 좋은 곳 보고 즐거운 기억을 만들 수 있어서 저희들 고마운 말씀 드리고 싶었어요. 정말 고맙습니다.

아범 공부도 아이 키우는 것도 모두 열심히 노력할게요.

모두 건강하시고 안녕히 계세요.

2000. 4. 26.

희정 올림

뒤돌아보니 내가 거기 있었네

첫째 아들 부부의 연하장

아버님 어머님 그리고 아가씨하고 도련님

 가족 모두가 따뜻하고 행복한 크리스마스와 연말연시를 맞이하
셨으면 좋겠어요.

 아버지, 어머니 새해 복 많이 받으십시오.

희정, 안철 올림

　　　　　　　　　　　뒤돌아보니 내가 거기 있었네

새해 복 많이 받으세요

어머니, 아버님

즐거운 성탄 맞이하시고 새해에는 모든 것이 잘되시길 바랍니다.

그럼 건강하시고 축복이 함께 하시길…

안철 올림

오늘은 겨울 같지 않은 따뜻한 날씨여서 아이들 데리고 LA 동물원에 다녀왔습니다.

크리스마스 느낌이 나질 않고 따뜻한 봄날 같았어요.

추위에 감기 조심하시고 새해 복 많이 받으세요.

희정 올림

P.S. 같이 보내는 VIDEO TAPE는 일주 선물인데요.

재미있으니까 어머님도 같이 보세요.

2001. 12. 19

부모님 전 상서

손자 형주와 손녀 지인의 엽서

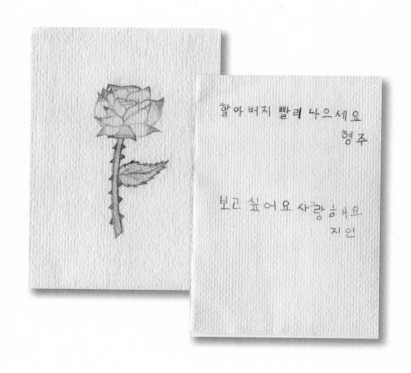

손자 형주와 손녀 지인의 크리스마스 카드

둘째 아들의 편지 1978년 7월 20일, 1979년 5월 7일

뒤돌아보니 내가 거기 있었네

부모님 전 상서

어머니, 나 형 수진이를 낳으시고 기르시느라고 고생이 많으십니다.

우리가 공부를 잘해서 어머니하고 아버지를 편안하게 모시겠습니다.

그리고 내가 서울대학을 졸업하겠습니다. 또 2학기 때는 더 열심히 공부를 해서 꼭 1등을 하겠습니다.

그럼 쓸 게 없어 그만 씁니다.

1978년 7월 20일
제4학년 7반
아들 정재홍 올림

다음에는 일등 하겠어요

엄마 아빠 저를 키우시느라고 고생 많으셨습니다.

엄마 아빠 이다음에 커서 서울대학교를 들어가 엄마 아빠를 잘 모셔드리겠습니다.

요번 시험에 2등을 하였지만, 다음에는 1등을 하겠어요.

엄마 아빠 저는 커서 판사가 될 거예요. 형은 공학박사가 되고 수진이는 이대부속병원 원장이 되어서 엄마 아빠를 모셔드리겠어요.

1979년 5월 7일 월요일

어버이에게 올림

뒤돌아보니 내가 거기 있었네

둘째 아들의 편지 1981년 4월 30일

어머니께.

엄마? 몸 건강이 계시죠?
그동안, 제가 너무 말썽만 피우고 4월달 시험도
못보았읍니다.
그러나, 지금부터는 말썽도 피우지 않고 5월 시험을
잘보겠읍니다. 그리고, 커서 엄마, 아빠 죄서
효성지는 대학, 그리고 또 좋은수를 얻겠읍니다.
몸도 건강하고 씩씩하게 자라 대한의 건아가
되겠읍니다. 엄마? 저를 낳으시고 기르시려고 그간
엄마나 고생이 많으셨읍니까?
저 지금까지 효도를 잘못해 드렸지만 앞으로,
더욱 효도를 잘해 드리겠읍니다.
엄마? 더욱 건강하게 사셔요 또 아버지도 건강
하게 사시라고 말씀 해주셔요.
그럼 이만 쓰겠어요.
몸 건강히 ─────

1981년 4월 30일

둘째아들 재홍 올림

씩씩한 대한의 건아가 될게요

어머니께.

엄마, 몸 건강히 계시죠?

그동안, 제가 너무 말썽만 피우고 4월달 시험도 못 보았습니다.

그러나 지금부터는, 말썽도 피우지 않고 5월 시험을 잘 보겠습니다.

그리고 커서 엄마, 아빠께서 원하시는 대학. 그리고 또 점수를 얻겠습니다.

몸도 건강하고 씩씩하게 자라 대한의 건아가 되겠습니다. 엄마! 저를 낳으시고 기르시느라고 그간 얼마나 고생이 많으셨습니까?

저는 지금까지 효도를 잘 못해 드렸지만 앞으로 더욱 효도를 잘해 드리겠습니다.

엄마! 더욱 건강하게 사셔요.

또 아버지도 건강하게 사시라고 말씀해주셔요.

그럼 이만 쓰겠어요.

몸 건강히……

1981년 4월 30일

둘째 아들 재홍 올림

부모님 전 상서

둘째 아들 부부의 연하장 1994년 1월

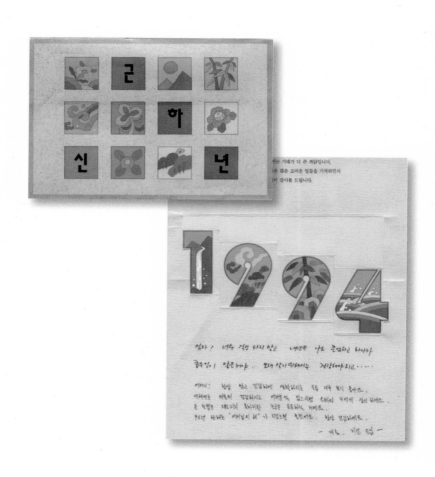

뒤돌아보니 내가 거기 있었네

근하신년 1994

엄마!

너무 걱정하지 말고 내년은 나도 졸업하고 하니까 좋은 일이 많을 거야.

오래 살기 위해서는 건강해야 되고…….

어머니!

항상 밝고 건강하게 생활하시는 모습 너무 보기 좋아요.

새해에는 더욱더 건강하시고 어려운 일 있으시면 오빠와 저에게 상의하세요.

큰 보탬은 되어 드리지 못하지만 조금은 든든하실 거예요.

94년 한 해는 "어머님의 해"가 되었으면 좋겠어요.

항상 건강하세요.

재홍, 지선 올림

뒤돌아보니 내가 거기 있었네

CONGRATULATION

어머님! 생신을 진심으로 축하드려요. 항상 바쁘게 열심히 생활하시는 어머님 모습, 정말 보기 좋아요.

항상 건강하시고 내년에는 더욱더 젊어지세요.

듬직한 둘째 아들이 있으니까 아무 걱정 마시고요. (저도 있구요!)

다시 한번 55회 생신을 축하드립니다.

1994년 9월 12일

지선이가 어머님께

엄마, 생일 축하해.

내년엔 더욱 건강하고 마지막 남은 겨울은 더욱 좋은 일만 있으면 좋겠어.

재홍

부모님 전 상서

둘째 며느리의 엽서 1996년 9월 19일

뒤돌아보니 내가 거기 있었네

사랑하는 "우리" 아버님께

　아버님! 생신 진심으로 축하드려요. 결혼하고 처음 맞이하는 아버님 생신인데 옆에서 지켜보지 못해서 정말 섭섭해요.

　아버님! 사실 저는 아버님께 드릴 말씀이 참 많아요. 그중에서 제일 중요한 한 가지만 말씀드리자면 전 아버님이 정말 좋아졌어요. 그리고 아버님 존경해요. 항상 뭐든지 쉬지 않고 배우려고 하시니까요. 저희도 옆에서 지켜보면서 자극을 많이 받았어요.

　저번에 아버님 오셨을 때 건강이 안 좋아 보이셔서 정말 안타까웠어요. 아버님 힘드시더라도 "식이요법" 꼭 하세요. 고기 너무 많이 드시지 말고요. 아버님이 우리 집안에 대들보라는 거 잊지 않으셨죠?

　저희 모두 아버님만 의지하고 바라보고 사는데 아버님이 흔들리시면 저희도 다 흔들려요. 아버님 건강하셔서 운동도 같이하고 산에도 같이 다니고 그래야지요. 그리고 될 수 있는 대로 운전 너무 많이 하시지 마세요. 운전하시면서 너무 신경 쓰시니까 더 피로한지도 모르겠어요.

아버님이랑 하고 싶은 일도 많고 할 말도 많은데, 아버님 건강이 나빠지면 어떡해요. 이건 제가 꼭 부탁드리는 거니까 꼭 지켜주셔야 돼요. 저희도 여기에서 아버님 기대에 어긋나지 않도록 열심히 공부할게요. 아마 아버님이 유학 보내기 잘했다고 흐뭇해하실 거예요. 2년 후에는……

아버님! 항상 건강하시고 생일 진심으로 축하드려요. 아주 조그만 선물이지만 아버님 생각하면서 샀으니까 마음에 안 드시더라도 꼭 입으셔야 해요. 사랑하는 둘째 아들, 며느리가 사랑하는 아버님께 보내는 거니까요.

* 아버님! 글씨 못 쓰는 사람 싫어하신다고 했는데 어떻게 하죠? 저원래 졸필이에요..

뒤돌아보니 내가 거기 있었네

사랑하는 "나의" 어머님께

　어머님! 생신 축하드려요. 어머님께서 보내 주신 음식이랑 그릇 잘 받았어요. 음식이 많아지니까 갑자기 부자가 된 것 같아요.

　음식 하나하나마다 어머님 정성이 가득 담겨 있으니까 더 맛있는 것 같아요. 음식 장만하시느라고 고생 많이 하셨지요? 눈앞에 선해요.

　어머님 바쁘게 왔다 갔다 하시면서 음식 장만하시는 모습이...

　어머님! 어머님은 아시죠? 어머님 좋아하고 있다는거. 처음 어머님 뵙고 나서 지금까지 변함 없어요. 때로는 너무 엄마처럼 대하다 보니가 다소 버릇이 없다고 생각하실 때도 있으실거에요.

　결혼하고 나서는 좀 더 조심하고 다소곳해야 되는데 너무 말괄량이처럼 어머님께 어리광 부리고 투정도 부리니까 어머님이 서운하게 생각 하실때도 있으실꺼에요. 저번에 어머님 영국 오셨을 때 좀 더 잘해드려야 되는데 못난 모습만 보여드려서 죄송해요. 이제는 어느정도 익숙해져서 오빠랑도 잘 지내요. 포기할 건 포기해야 된다고 생각하니까 마음이 좀 편해진 것 같아요. 어머님 아직도 빨래 그렇게 많이 하세요?

어머님 일하시는거 보면 너무 힘들어 보여서 저로서는 감히 엄두가 안날때가 많아요. 이제는 좀 대충대충 하시고 푹 쉬세요. 항상 바쁘게 생활하시니가 너무 피곤하고 지쳐 보이세요. 이런 며느리가 아니고 딸로서 말씀드리는 거예요. 어머님께서 말씀 하신대로 오빠한테도 잘하고 최선을 다할게요. 어머님도 건강하시고 재미있게 사세요.

그리고 생신 다시 한번 진심으로 축하드려요. 제가 얼마나 어머님 사랑 하는지 아시죠? 어머님도 그만큼 저를 사랑하실까?

1996. 9. 19.

귀여운 둘째 며느리 지선이가 아버님께 그리고 어머님께도 올림

뒤돌아보니 내가 거기 있었네

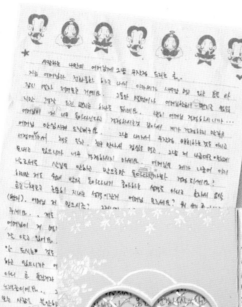

어머님께 무작정 드리는 글

꼭 지선이 시엄마만 보세요^^^*

사랑하는 나만의 어머님께 그냥 무작정 드리는 글.

지금 어머님과 전화통화하고 나서 아가씨가 새우깡 먹고 있는 틈을 타 잠시 몇 자 적어보는 거예요. 그동안 몇 번이나 어머님께 편지를 썼었지만 정작 드린 편지는 하나도 없네요. 괜히 어머님 걱정하시니까……

어머님이 저 너무 돌아다닌다고 걱정하시는 것 같아서 제가 걱정하지 말라고 어머님 안심시켜 드리려고요. 그냥 나가서 무작정 배회하는 것도 아니고 서점에 가서 책도 읽고, 친구 만나서 점심도 먹고, 그냥 저 나름대로 알차게 보내고 있으니까 너무 걱정하시지 마세요. 어머님은 제가 나중에 아기 낳고서도 살림은 안 하고 밖으로만 돌아다닐까 봐 걱정되세요?

　　　　　　　　뒤돌아보니 내가 거기 있었네

하지만 저도 원래 밖으로 돌아다니기 좋아하는 성격도 아니고 혼자서 음악 듣고 책 보고 조용히 지내는 성격이란 거 어머님 모르세요? 뭐 쓰기 좋아하고(편지). 어머님 저 믿으시죠? 그러니까 지금은 어머님이 조금 절 이해해주세요. 저도 매일매일 글 쓰면서 저 스스로 반성도 하고 그러니까요.

어머님이 저 며느리라고 생각 안 하고 진짜 딸처럼 생각하시는 거 누구보다도 잘 알고 있어요. 아무것도 할 줄 모르고 철부지 며느리 때문에 마음에 안 드시는 것도 많고 걱정 많으시죠? 그래도 저 나름대로 조금씩 노력하고 있으니까 어머님 이해해주실 거죠? 지금 저의 답답한 마음에 언젠가 아니 곧 풀릴 거라 생각하고 아기를 위해서라도 마음 편히 좋은 생각만 하려고 노력 중이에요. 그리고 가끔 어머님 생각해요. 때론 너무 부지런하셔서 보는 사람을 불안하게 만드시지만 항상 소녀 같고 인자하고 맘 넓은 우리 시엄마를 철부지 며느리는 너무 사랑한다는 거 아시고 계시죠? 마음은 더 잘해 드리고 싶은데 행동이 못 미쳐서 항상 죄송한 마음이에요.

어머님, 항상 건강하세요.

P.S. 어머님이랑 여행 가고 싶다! 어머님의 둘째가.

세상에서 제일 따뜻한 어머님께

이 세상에서 제일 맘이 따뜻한 어머님께.

어머니! 괜히 불러 보아도 마음이 편안해지네요.

제가 보기엔 아직까지도 소녀 같은데 벌써 59회 생신이라니 정말 믿어지지가 않아요.

생신 진심으로 이 세상 누구보다도 더 많이 축하드려요.

너무 부지런하시고 바쁘셔서 항상 건강이 걱정되지만 그래도 젊게 사시니까 몸도 건강하실 거라고 믿어요. 제가 너무 부족한 점이 많아서 만에 안 드실 때도 많을 거라고 생각돼요. 그래도 항상 따뜻하게 감싸주시는 어머님께 감사드려요.

겉으로 표현은 잘못하지만, 엄마 못지않게 어머님도 사랑하고 존경하고 있다는 거 어머님도 아실까요?

어머님이랑 같이 하고 싶은 일도 많은데 지금은 상황이 좋지 않아서 무척 아쉬워요. 그래도 제일 공감대를 같이 나눌 수 있는 어머님이시기에 그냥 엄마처럼 가끔 투정도 부리고, 어리광도 부리고, 아무한테도 하지 못한 고민을 털어놓기도 하고…… 제가 어머님을 만났다는 걸 너무 행복이라고 생각하고 있어요. 어머님이 그동안 누리지 못하셨던 "행복" 저희가 꼭 보상해 드릴게요.

생신 다시 한번 축하드립니다.

둘째 며느리 올림.

둘째 며느리의 엽서 1998년 9월 24일

뒤돌아보니 내가 거기 있었네

사랑하는 아버님께

사랑하는 아버님께

아버님! 60회 맞이하는 생신 진심으로 축하드립니다.

항상 부족한 둘째 며느리지만 아버님을 진심으로 사랑하고 존경하는 맘 아버님 잘 아시죠? 앞으로는 더욱더 노력해서 아버님께서 흡족해하시고 자랑스러워 하실 수 있도록 할게요.

제가 요즘 옛날에 비해서 아버님께 애교도 못 부리고 말수도 적어진 것 같아서 스스로 죄송스럽게 생각하고 있어요.

영국에서의 2년 동안의 생활이 왠지 최선을 다하지 못했다는 생각이 들고 그동안 해놓은게 너무 없다는 사실이 요즘 저를 너무 우울하게 만들어요.

물론 남편 뒷바라지가 최우선이지만 그래도 저 스스로가 흡족해 할 수 있는 뭔가를 하나 이루고 왔어야 했었는데 저 자신이 너무 한

심스럽고 바보 같아요.

지금 하고 싶은 건 너무 많은데 제 처지를 생각하면 과욕에 불과하다는 생각이 들어요. 미리미리 했었어야 하는 건데……

아버님! 제가 이렇게 투정부려도 아버님은 다 이해해주실 수 있으시죠?

그냥 아버님께 제 속마음을 털어놓고 싶었어요. 혼날 줄 알면서도……

기쁜 아버님 생신날 우울한 얘기만 드려서 죄송해요.

저는 아버님이 항상 건강하시고 젊고 밝게 "청년"같이 사셨으면 좋겠어요.

저희 뒷바라지하시느라 맘고생 많이 하셨죠? 조금만 기다리세요.

몇 배로 아버님 어머님 호강시켜 드릴게요. 그러니까 그때까지 건강하셔야죠.

처음에는 아버님이 무섭고 어렵기만 했지만 이젠 누구보다 따뜻한 마음을 가지고 계시다는 거 잘 알고 있어요. 제가 부족한 점이 많더라도 아버님께서 사랑으로 감싸주실 것으로 믿고 더욱더 현명한 며느리가 되도록 최선을 다할게요.

저한테 이 세상에 아버지는 아버님 한 분이시라는 거 아버님도 잘 아시죠?

그래서 전 너무나 든든해요. 아버님도 딸 하나 더 생겨서 기분 좋으세요?

무지 좋으실 거라고 제 스스로 믿으면서, 마지막으로 생신 다시
한번 축하드려요.

1998. 9. 24

자정이 넘은 시간에

이 세상에 하나뿐인 아버님 둘째 며느리 올림

부모님 전 상서

둘째 아들 부부의 엽서

엄마. 생신 축하드립니다. 앞으로는 좋은에
좋은 일만 생기것 같아요 아무걱정없이
건강 하세요.   -재홍-

어머님! 생신 진심으로 축하드려요.
항상 건강하시고 더많은 많으세요. 누구보다도 어머님을
사랑하고 염려 하거든요?
어떡튼 건강하시고 더 젊어지시기를 바라며‥ 지선 드림.

뒤돌아보니 내가 거기 있었네

더 건강하시고 젊어지세요

엄마, 생신 축하드립니다.

앞으로는 집안에 좋은 일만 생길 것 같아요. 아무 걱정 없이 건강하게 오래 사세요.

재홍

어머님! 생신 진심으로 축하드려요.

항상 건강하시고 오빠만 믿으세요. 누구보다도 어머님을 사랑하고 염려하거든요?

더욱더 건강하시고 더 젊어지시길 바라며……

지선 올림

착하고 예쁜 아가씨에게♡

항상 마음은 있지만 표현에 서투르고 인색한 언니를 이해하고 살갑게 대해 주는 아가씨에게 항상 고맙게 생각하고 있어요.

이번 여행에서 돌아올 때쯤이면 우리 둘 모두 한층 성숙해져 있을 거라 믿어요.

아가씨♡ 항상 모든 일에 자신감을 갖고 '할 수 있다'는 믿음을 저버리지 말아요.

내가 생각하는 아가씨의 능력은 너무나 큰데, 움츠려져 있으니까 안타까울 때가 많아요.

혹시 내 도움이 필요하면 언제든지 말해요. 알아서 말하기 전에 해주면 더 좋겠지만, 내 주변머리가 거기까지는 안 되는 것 같네요.

미국에 가서 아이들이랑 좋은 추억 많이 만들고 오빠, 언니, 도련님이랑도 좋은 시간 보내고 와요. 후회 없이……

부모님 전 상서

다녀와서 재미있는 얘기 많이 해주고…… 기대하고 있을게요.

둘째 언니가 ㅡ★

* 얼마 안 되는 돈이지만 아이들이랑 맛있는 거 사 먹고 와요.

처음으로 고모가 놀러갔는데 기운 내야지!!!

Have a good time!!!

뒤돌아보니 내가 거기 있었네

사랑하는 어머님께.

어머님, 생신 진심으로 축하드려요.
늘상 소녀같은 마음으로 사는 어머니신데 언제
"노방" 이라니 잊어버리지가 않네요.
어머님은 저한테 정말 특별한 분이세요. 늘상
따뜻하게 돌봐주시고 제 입장에서 늘 생각해 주시고 …
제가 우둔해서 표현은 못해서 그렇지 따뜻한 마음
늘 가지고 있어요. 어머님 아세요? 제가 다른 사람들
한테 "어머니가 뭐요" 라고 항상 말하고 다녀요 …
저는 다시 태어나도 어머님 며느리가 꼭 다시 되고싶어요.
그런데 남편은 다시 만나야 하나 싶어요. 아직까지는
이뻐만가는 복이 정말 많네요. 네 어머님 성격을
닮지 말고 아버님을 많이 닮았으면 거고. (아버님께도 비밀!)
저는 어머님께서 낳상 지금처럼 오오하고 신여같은 마음
으로 사셨으면 좋겠어요. 그 맘 변하시면 안돼요.
제가 그냥 어머님 모습을 뵈면서 많이나 부러워하고 가슴
뿌듯해 봐지 어머님은 아마 모르실 거예요.

어머님! 어머님! 어머님!
건강 챙기셔서 이제 그만 얼마써 사위으로 줄것이요.
어머님이 마음 드려 부쩍 나들어 나사니가 제가 몰로
비를 모르겠어요. 며느리라고 넘없을 지은 나고 …
나에만 어머님 사랑하고 존경하는 마음도 이제사 늦지말라고
큰거에요. 그러니까 어머님이 이버버서 죽세요.
어머님께서 죽신 사랑 여러 사람에게 베풀면서 살도록
노력하는게요. 어머님! 사·랑·해·요!

어버이날 추현
어머님 생신날
"둘째" 며느리가
어머님께 드립니다.

다시 태어나도 어머님 며느리가 될래요

사랑하는 어머님께

어머님! 생신 진심으로 축하드려요.

항상 소녀 같은 마음으로 사시는 어머니신데 벌써 '환갑'이라니 믿어지지 않네요.

어머님은 저한테 정말 특별한 분이세요. 항상 따뜻하게 돌봐주시고 제 입장에서 늘 생각해 주시고…… 제가 무뚝뚝해 표현을 못 해서 그렇지 감사한 마음 늘 가지고 있어요. 어머님 아세요?

제가 다른 사람들한테 "어머니가 최고"라고 항상 말하고 다니는 거…

저는 다시 태어나도 어머님 며느리가 꼭 다시 되고 싶어요.

그런데 남편은 다시 고려해봐야겠어요. 아직까지는 이해 안 가는 부분이 정말 많아요. 왜 어머님 성격을 닮지 않고 아버님을 많이 닮았을까요? (아버님께는 비밀!)

저는 어머님께서 항상 지금처럼 순수하고 소녀 같은 마음으로 사셨으면 좋겠어요. 그 맘 변하시면 안 돼요.

제가 그런 어머님 모습을 보면서 얼마나 부러워하고 가슴 뿌듯해하는지 어머님은 아마 모르실 거예요.

어머님! 어머님! 어머님!

건강 조심하시고 이제 그만 편하게 사셨으면 좋겠어요.

어머님이 요즘 들어 부쩍 힘들어하시니까 제가 몸 둘 바를 모르겠어요. 며느리라고 철없는 짓만 하고……

하지만 어머님 사랑하고 존경하는 마음은 이 세상 누구보다도 클 거예요. 그러니까 어머님이 이해해 주세요.

어머님께서 주신 사랑, 여러 사람에게 베풀면서 살도록 노력할게요.

어머님! 사·랑·해·요!

이천 년 구월
어머님 생신날
"둘째" 며느리가
어머님께 드립니다.

손자가 보낸 크리스마스 카드

할아버지, 할머니 새해 복 많이 받으세요.

항상 건강하세요. 메리크리스마스.

일주 올림

뒤돌아보니 내가 거기 있었네

할아버지 할머니 사랑해요

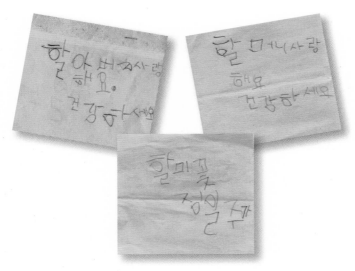

할아버지, 사랑해요.

건강하세요.

할머니, 사랑해요.

건강하세요.

정일주 올림

둘째네 가족이 보낸 크리스마스 카드

뒤돌아보니 내가 거기 있었네

호강시켜 드릴 때까지 오래 사세요

사랑하는 아버님, 어머님!

내년에는 더욱더 건강하시고 저희가 호강시켜 드릴 때까지 오래
오래 사세요.

항상 웃음 잃지 마시고 더 젊어지셔서 일주 장가가는 것도 보셔
야지요.

내년에는 우리 식구 모두한테 좋은 일만 생길 수 있도록 더욱 노
력할게요.

어머님. 아버님!

Merry Christmas!

Happy New Year!

둘째 재홍, 지선, 일주 올림

사랑하는 아버님·어머님께.

더욱더 건강하시고 이제 좀더 가까이 이든 날 들어 까지 오래 오래 사세요. 어머님 저랑 같으시죠? 그리고 아버님도 오래 살 거신 없으시다고 뭐가 아쉬워요. 제가 약장손님 맏며느리 되는거 아네요? 덕속히 효도하고 항상 모여서서 서운하게는 일 없으시도록 하게요.

항상 건강하시고. 더 젊어지시는 아버님·어머님 모습을 기대하며 이만 줄입니다

2001 5 8
둘째 올림

할머니께

할머니 생신 축하드려요
건강하게 오래 사세요

사랑하는 우리 어머니 ♡
어머니는 떠올리면 항상 없게서 미안가 먼저 지어지는 건 뭐면 전 좀은 어머니를 좋아하나 봐요. 전 좀 다른 사람의 며느리가 아닌 '어머니의 며느리' 여서 전 좀 다병스럽고 행복하게 생각해요. 어머니 … 어머님이 사아루 베터 어느 누구보다 인내의 사랑이 필요했던 나날이었다는 거 누구보다도 잘 알고 이해하고 있어요. 욕심기간 애 아 산 식솔 생선이 넣지 못하는 나씨 때문에 눈물 첫은 어머니의 모습을 누구보다 잘 알고 있는 둘째 며느리가 어머니께 해드리는게 너무 묵직나고 죄스러서 최송 스럽기만 해요. 무슨 일이든 남치 해내는 건강하고 야무진 며느리는 아니지만 어머님을 사랑하는 어둠은 진심이라는거 어머니도 알고 계시죠? 제가 하나 있는 우리 가족들 위해 보선을 다하겠어요. 그러니까 어머니 너무 힘들어 마시 마세요. 어머니께서 힘들어하시고 속이 뵈시면 제가 너무 묵직해 느껴져서 저도 못웃해 넉거든요. 어머니랑 저는 '서로'가 좋아서 좋은거 삼으엔 알게 누리고 산거예요. ^^ 어머니 ♡ 다시 한번 생선 진심으로 축하 드려요. 우리 어머른 힘써 해버릴 !!!
우리 둘째 며느리 올림.

오래 사실 자신 있으시죠?

사랑하는 아버님 · 어머님께.

더욱더 건강하시고 일주 장가가서 아들 낳을 때까지 오래오래 사세요.

어머님 자신 있으시죠? 그리고 아버님도 오래 살 자신 없으시다고 하지 마세요.

제가 굉장히 서운해하는지 아세요?

더욱더 효도하고 항상 노력해서 실망하시는 일 없으시도록 할게요.

항상 건강하시고 더 젊어지시는 아버님 · 어머님 모습을 기대하며 작은 정성 드립니다.

2001년. 5. 8

둘째 올림

'어머님의 며느리'여서 행복합니다

사랑하는 우리 어머니♡

어머니를 떠올리면 항상 입가에 미소가 먼저 지어지는 걸 보면 전 정말 어머니를 좋아하나 봐요.

정말 다른 사람의 며느리가 아닌 '어머니의 며느리'여서 정말 다행스럽고 행복하게 생각해요.

어머니…… 어머님이 살아온 세월 어느 누구보다도 인내의 시간이 필요했던 나날이었다는 거 누구보다도 잘 알고 이해하고 있어요. 즐겁기만 해야 할 칠순 생신에 보지 못하는 자식 때문에 눈물짓는 어머니의 모습도 누구보다 잘 알고 있는 둘째 며느리가 어머니께 해드리게 너무 부족하고 모자라서 죄송스럽기만 해요. 무슨 일이든 척척 해내는 건강하고 야무진 며느리는 아니지만, 어머님을 사랑하는 마음은 진심이라는 거 어머니도 알고 계시죠? 제가 할 수 있는 한 우리 가족을 위해 최선을 다할게요.

뒤돌아보니 내가 거기 있었네

그러니까 어머니도 너무 외로워하지 마세요. 어머니께서 외로워하시고 슬퍼하시면 제가 너무 부족하게 느껴져서 저도 쓸쓸해지거든요. 어머니랑 저는 '사주'가 좋아서 조금만 참으면 엄청 누리고 살 거예요. ^^ 어머니♡

  다시 한번 생신 진심으로 축하드려요.

  우리의 미래를 위해 화이팅!!!

못난이 둘째 며느리 올림

  할머니께

  할머니 생신 축하드려요.

  건강하게 오래 사세요.

둘째 며느리와 손자의 엽서

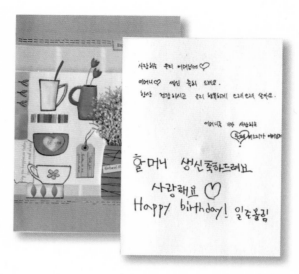

사랑하는 우리 어머님께♡

어머니♡ 생신 축하드려요. 항상 건강하시고 우리 행복하게 오래
오래 살아요.

　　　　　　　어머니를 가장 사랑하는 ♡둘째 며느리가 어머님께

할머니 생신 축하드려요. 사랑해요♡

HAPPY birthday! 일주 올림

손자 일주의 유럽 여행기

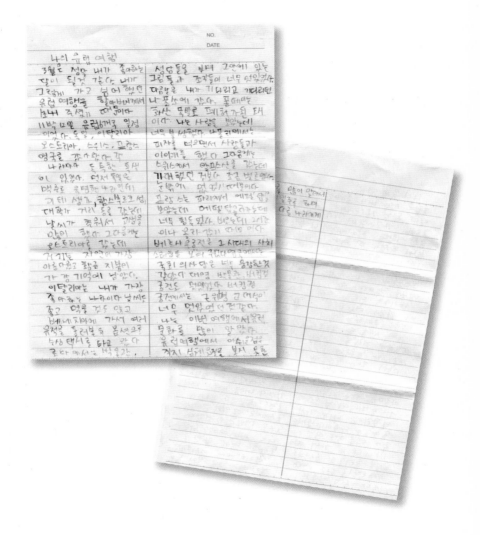

나의 유럽 여행

  3월은 정말 내가 좋아하는 달이 될 것 같다. 내가 그렇게 가고 싶어 했던 유럽 여행을 할아버지께서 보내 주셨기 때문이다.

  11박 12일, 유럽 6개국 일정이었다. 독일, 이탈리아, 오스트리아, 스위스, 프랑스 영국을 갔다 왔다. 각 나라마다 독특한 특색이 있었다. 먼저 독일은 맥주로 유명한 나라인데 괴테 생가, 함부르크 성, 대학가 거리 등을 갔는데 날씨가 추워서 고생을 많이 했다. 그다음에는 오스트리아를 갔는데 거기는 자연이 가장 아름다웠고 황금 지붕이 가장 기억에 남았다.

  이탈리아는 내가 가장 좋아하는 나라이다. 날씨도 좋고 먹을 것도 많고 베네치아에 가서 여러 유적을 둘러본 후 옵션으로 수상택시를 타고 왔다. 로마에서는 박물관, 성당들을 보며 그 안에 있는 그림들과 조각들이 너무 멋있었다. 다음날은 내가 기다리고 기다리던 나폼소에 갔다. 폼페이는 화산 폭발로 폐허가 된 도시이다. 나는

뒤돌아보니 내가 거기 있었네

사람을 보았는데 너무 불쌍했다. 나폴리에서는 피자를 먹으면서 사람들과 이야기를 했다. 그다음에는 스위스에서 알프스의 산을 갔는데 기대했던 것보다 조금 별로였다. 눈밖에 없었기 때문이다.

프랑스는 파리에서 에펠탑을 보았는데 에펠탑 올라가는 데 너무 힘들었다. 비 오는데 2시간이나 올라갔기 때문이다.

베르사유 궁전은 그 시대의 사치스러움을 보여주었다. 영국에서는 국회의사당은 너무 웅장한 것 같았다. 대영박물관, 버킹엄 궁전도 멋있었다. 버킹엄 궁전에서는 근위병 교대식이 너무 멋있었던 것 같다.

나는 이번 여행에서 유럽 문화를 많이 알았다.

유럽여행에서 아쉬운 점은 직지심체요절을 보지 못한 것이다. 나는 역사를 많이 알아서 내 이름처럼 세계 일주를 하며 우리나라 역사를 다른 나라에 알려야겠다.

정일주

딸이 보낸 편지 1979년 5월 7일

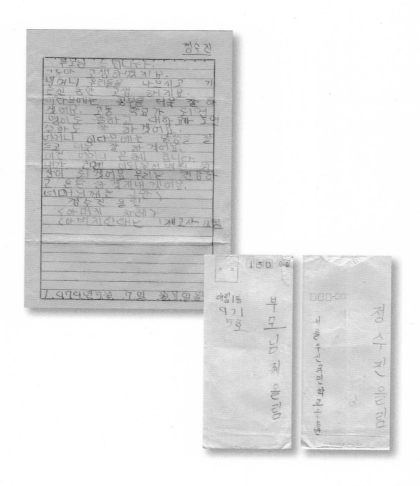

뒤돌아보니 내가 거기 있었네

부모님께 올림

부모님 드립니다. 그동안 고생하셨지요.

어머니 우리들을 나으시고 기르신 동안 고생했지요.

이다음에는 공부를 더욱 잘하겠어요. 고등학교가 되면 영어도 잘하고 대학교 가면 수학도 잘하겠어요.

어머니 이다음에는 말씀을 잘 듣고 더욱 잘하겠어요. 이건 어머니 은혜입니다.

내가 크면 이대부속병원 원장이 되겠어요.

우리는 건강하고 튼튼하게 지내겠어요.

어머님께는 그만.

정수진 올림

〈아버지 차례〉

〈아버지한테는 1제고사 시험〉

1979년 5월 7일 월요일

딸이 보낸 그림엽서와 크리스마스 카드

뒤돌아보니 내가 거기 있었네

사랑하는 엄마에게

　언제나 산타클로스처럼 저에게 꿈과 사랑을 듬뿍 안겨주시는 천사 같은 우리 엄마.

　그 사랑이 자라서 승화하여 온 집안에 가득 채운 나. 그러기에 없어서는 안 될 햇살 고운 엄마.

　새해에는 더욱더, 건강하시고 엄마가 뜻하는 모든 일들이 잘되기를 빕니다.

　2000년도를 나와 함께 열고 걸어가야 하는 엄마의 참모습을 기대해 봅니다.

사랑하는 딸 수진이가

딸이 보낸 연하장

뒤돌아보니 내가 거기 있었네

TO 아빠에게

   새해를 맞이하여, 아빠가 바라시는 모든 일 들이 원만하게, 아빠 뜻대로 이루어졌으면 좋겠습니다.

   사업도 번창하시고, 건강도 좋아지시고, 엄마와 같이 오빠, 대철 나, 미국 식구들, 작은 언니, 일주, 또 여러 친척들까지도 풍성하게 원만하게 좀 더 너그럽게 진지하게, 행복한 삶을 누렸으면 좋겠습니다.

   좀 더 건강하시고, 밝은 아빠의 모습을 기대해 보겠습니다.

From 딸 수진

딸이 보낸 연하장

Season's Greetings

To. 엄마에게

With Best Wishes
FOR THE HOLIDAYS AND THE COMING YEAR

바램하시는 모든 것들이 이루어지는
기쁨 가득찬 한 해가 되시길 바랍니다.

사랑하는 나의 엄마 고모고 있든 나들은 저 먼리 가버리고,
희망찬 새해라 않는 나날들이 엄마에게 기다리고 있는것
같습니다 언제나 맑고 슬수했던 우리 엄마의 모성 나에게는
기쁨라 희망, 그리고 건강한 삶. 오늘있는 내동는 보낸것 같습니다.
엄마가 하시는 모든 일들을 저는 언제나 잘 되리고, 믿고 있습니다
사랑하는 우리엄마 건강하게 오래 오래 사세요   From 땅 수진.

뒤돌아보니 내가 거기 있었네

TO 엄마에게

　사랑하는 나의 엄마. 고되고 힘든 날들은 저 멀리 가버리고, 희망 찬 새해와 밝은 나날이 엄마에게 기다리고 있는 것 같습니다. 언제나 맑고 순수했던 우리 엄마의 모정. 나에게는 기쁨과 희망, 그리고 건강한 삶, 보람 있는 날들을 보낸 것 같습니다.

　엄마가 하시는 모든 일들을 저는 언제나 잘되라고, 빌고 있습니다.

　사랑하는 우리 엄마, 건강하게 오래오래 사세요.

From 딸 수진

부모님 전 상서

딸이 보낸 어버이날 카드

어버이날을 맞이하여

이번 어버이날(아버지의 날)은,
조금 다른 때보다 더 특별한 날인 것 같네요.
올해는 취직도 할 수 있고……

재미나게 무사히 여행 잘 다녀오세요!

— 딸 수진이가
bye-bye

부모님 전 상서

남편이 막내아들에게 보낸 엽서 1984년 9월 4일

뒤돌아보니 내가 거기 있었네

유치원 잘 갔다 왔지?

정 셋째

씩씩하게 유치원 잘 갔다가 왔지? 아빠는 지금 런던으로 출발 직전이야.

엄마 생일이 어제였구나. 형들이랑 누나들이랑 공부 잘하고 있지?

아빠도 즐거운 여행을 하고 9월 20일경 도착할게.

잘 있어, 안녕.

Paris에서 아빠가.

남편이 막내아들에게 보낸 엽서 1987년 4월 15일

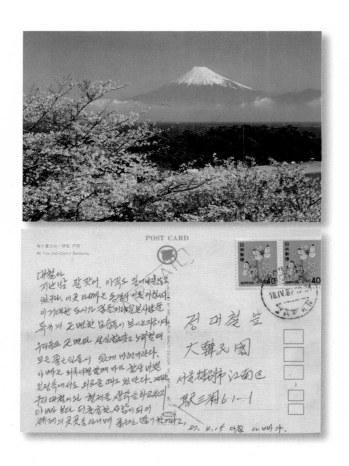

　　　　　　　　　　　　　　　뒤돌아보니 내가 거기 있었네

근면과 성실로 노력하거라

대철아!

지난밤, 잘 잤어? 아직도 일어나지 않고 있구나. 이곳 아빠는 동경의 이른 아침이다.

이 거대한 도시가 꿈틀거리는 일본 사람들 특유의 근면한 모습들이 보이는 지금이다. 우리도 근면과 성실함을 갖고 노력할 때 모든 좋은 일이 있게 마련이란다.

아빠는 외국 여행할 때마다 항상 바쁜 속에서도 외로울 때가 있단다. 그때는 우리 대철이와 형제들 생각을 하고 있지.

아빠보다 더 훌륭한 사람이 되어 세계의 곳곳을 다니며 좋은 일 많이 할 거라고.

1987. 4. 15 아침

아빠가

남편이 막내아들에게 보낸 엽서 1989년 9월 22일

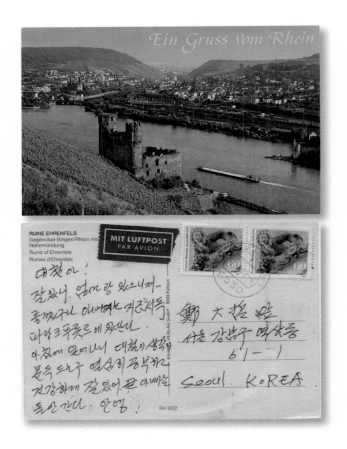

　　　　　　　　　　　　　　　뒤돌아보니 내가 거기 있었네

문득 대철이 생각이 나는구나

대철아!

잘 있니? 엄마랑 있으니까 좋겠구나.

아버지는 지금 서독 프랑크푸르트에 있단다.

아침에 일어나니 대철이 생각이 드는구나. 열심히 공부하고 건강하게 잘 있어.

아빠는 곧 돌아간다.

안녕

막내아들이 미군 훈련소에서 보낸 편지 2015년 1월 11일

부모님께

어릴적에 학교 숙제로 편지를 써드려 본 이후에
처음으로 이렇게 편을 들어보내요. 오늘로 이제 여기
들어온지 정확하게 일주일이 됐어요. 첫날이랑 둘쨋날
까지는 허리가 다 안나아서 거기다 잠까지 안 재워주는
바람에 좀 많이 힘들었었는데 이제는 적응 다 해서
육체적으로 힘든 건 없어졌어요. 허리도 다 나았구요.
지금 여기는 기초 훈련소 들어가기전에 대기하는 곳인데
이곳에서 군복도 받고 서류작업도 하고 예방접종이며
뭐며 다 검사하고 점검하는 곳이에요. 며칠 더 있어야
이제 기초 훈련 하는 곳으로 옮겨가게 될거 같아요.
그리고 아무탈 없이 무사히 훈련이 끝나면 3월 말
쯤이 될거 같구요 다시 교육받으러 가면 5월 중순이나
말이나 되서는 완전히 끝날 것 같아요.
여기 음식이 한국 군대랑은 비교도 안되게 정말 잘 나와요.
하루 세끼를 다 뷔페식으로 먹고 있어요. 다시 가서
음식 떠오거나 하는 건 안되지만 음식 자유롭게 골라서
먹을 수 있게 해놨더라구요. 야채랑 셀러드 과일 위주로
해서 골고루 먹고 있으니까 걱정하지 마세요. "셀러드
위주로 해서 많이 먹으면 안된다." 라고 걱정하실
말씀이 귓가에 선하게 들려오네요. 문득 아버지 목소리와
어머니 목소리가 귓가에 들린 것 같은 기분이 들었어요.

저 적응 잘해서 잘 지내고 있으니까요 걱정하지 마시구요
시간 나는 대로 또 연락 드릴게요. 무소식이 희소식이니까
연락이 늦어지면 잘 되어가고 있구나 하고 생각해 주세요.
막내 아들이 나이 먹고 늦게 군에 가서 괜한 걱정끼쳐

252   뒤돌아보니 내가 거기 있었네

이 악물고 버틸 테니 심려 마세요

부모님께.

어릴 적에 학교 숙제로 편지를 써드려 본 이후에 처음으로 이렇게 펜을 들어보네요. 오늘로 여기 들어온 지 정확하게 일주일이 됐어요. 첫날이랑 둘째 날까지는 허리가 다 낫지 않은 데다 거기다 잠까지 안 재워주는 바람에 힘들었었는데, 이제는 적응 다 해서 육체적으로 힘든 건 없어졌어요. 허리도 다 나았구요.

지금 여기는 기초훈련소 들어가기 전에 대기하는 곳인데, 이곳에서 군복도 받고 서류작업도 하고 예방접종이며 뭐며 다 검사하고 점검하는 곳이에요. 며칠 더 있어야 이제 기초 훈련하는 곳으로 옮겨가게 될 거 같아요.

그리고 아무 탈 없이 무사히 훈련이 끝나면 3월 말쯤이 될 거 같구요, 다시 교육받으러 가면 5월 중순이나 말쯤 되어서는 완전히 끝날 것 같아요.

부모님 전 상서

여기 음식이 한국 군대랑은 비교도 안 되게 정말 잘 나와요. 하루 세끼를 다 뷔페식으로 먹고 있어요. 다시 가서 음식 떠오거나 하는 건 안 되지만, 음식 자유롭게 골라서 먹을 수 있게 해놨더라구요. 야채랑 샐러드, 과일 위주로 해서 골고루 먹고 있으니까 걱정하지 마세요. "샐러드 위주로 해서 많이 먹으면 안 된다."라고 걱정하실 말씀이 귓가에 선하게 들려오네요. 문득 아버지 목소리와 어머니 목소리가 귓가에 들린 것 같은 기분이 들었어요.

한국 사람 한 명도 없이 정말 거의 백인과 흑인들 그리고 소수의 아시안하고 생활하니까 또 무엇인가 새로운 기분이 들어요. 그동안 미국에서 학교 다니면서 백인들 사이에 섞여 있었지만, 이렇게 24시간을 붙어서 같이 자고 밥 먹고 생활하니까, 뭐랄까 정말 처음으로 미국 생활에 적응하고 있다는 느낌이랄까…… 여튼 무척 생소한 느낌이에요. 일주일 동안, 그때 아버지한테 전화 드렸을 때 빼고는 한국말 한마디도 안 하고 살았어요. 영어도 좀 더 배우는 것 같구요. 그래도 다들 군대를 자원해서 올 정도의 애들이라서 나쁜 애들은 없어요.

제가 잘 몰라서 어리둥절해 하면 옆에서 많이 도움도 주고요, 영어도 많이 알려주고 대부분이 친절하고 좋아요. 친구도 몇 명 생겼구요. 제가 힘들어서 지치거나 버거워하면 힘내라고 격려해주고 등 두드려주면서 응원도 해줘요. 아직 어린 애들이 많아서 자기들끼리 장난도 많이 치지만 열심히 할 때는 다들 진지하게 해서 도움을 많

뒤돌아보니 내가 거기 있었네

이 받고 있어요.

 저 적응해서 잘 지내고 있으니까요, 걱정하지 마시구요.

 시간 나는 대로 또 연락을 드릴게요. 무소식이 희소식이니까 연락이 늦어지면 잘 되어가고 있구나 하고 생각해주세요.

 막내아들이 나이 먹고 늦게 군대 가서 괜한 걱정 끼쳐드리네요. 저 이 악물고서라도 끝까지 버텨서 제가 원하던 바를 다 이루고 나갈 테니까 너무 심려 마세요.

 여권 만들고 티케팅하고 하면 6월이나 되어서야 한국 들어갈 수 있을 것 같아요. 그때까지 건강 조심하시구요. 한국 들어가서 건강한 모습으로 뵐게요.

 악필로 편지 써드려서 죄송해요. 좀 더 이쁜 글씨로 써야 하는데……

 사랑합니다.

2015년 1월 11일
막내아들 대철 올림

우신초등학교 학생들이 남편에게 보낸 감사편지

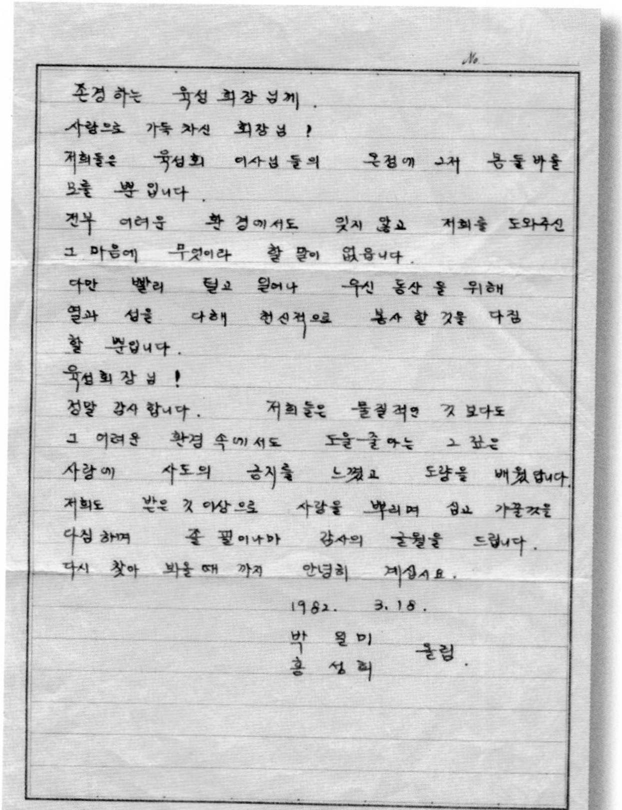

존경하는 육성 회장님께.

사랑으로 가득 차신 회장님 ?

저희들은 육성회 이사님들의 은정에 그저 몸둘바를

모를 뿐입니다.

전부 어려운 환경에서도 잊지 않고 저희를 도와주신

그 마음에 무엇이라 할 말이 없읍니다.

다만 빨리 털고 일어나 우신 동산을 위해

열과 성을 다해 헌신적으로 봉사할 것을 다짐

할 뿐입니다.

육성회장님 !

정말 감사합니다. 저희들은 물질적인 것 보다도

그 어려운 환경 속에서도 도을 줄 아는 그 깊은

사랑에 사도의 긍지를 느꼈고 도량을 배웠읍니다.

저희도 받은 것 이상으로 사랑을 뿌리며 힘써 가꿀것을

다짐하며 곧 꿋꿋이 일어나 강사의 굳뜀을 드립니다.

다시 찾아 뵐 때 까지 안녕히 계십시요.

1982. 3. 18.

박 � 미   올림.
홍 성 희

존경하는 정병호 육성회장님께

사랑으로 가득 차신 회장님!

저희들은 육성회 이사님들의 온정에 그저 몸둘 바를 모를 뿐입니다. 전부 어려운 환경에서도 잊지 않고 저희를 도와주신 그 마음에 무엇이라 할 말이 없습니다. 다만 빨리 털고 일어나 우신 동산을 위해 열과 성을 다해 헌신적으로 봉사할 것을 다짐할 뿐입니다.

육성회장님!

정말 감사합니다. 저희들은 물질적인 것보다도 그 어려운 환경 속에서도 도울줄 아는 그 깊은 사랑에 사도의 긍지를 느꼈고 도량을 배웠답니다. 저희도 받은 것 이상으로 사랑을 뿌리며 심고 가꿀 것을 다짐하며 졸필이나마 감사의 글월을 드립니다.

다시 찾아 뵐 때까지 안녕히 계십시오.

1982. 3. 18

일본 메트로덴소사 다나카 군의 편지와 연하장

뒤돌아보니 내가 거기 있었네

한국의 어머니^^

한국의 어머니^^

안녕하십니까?

요전은 고마웠습니다.

일본은 즐길 수 있었습니까?

이 다음에는 내가 안내하므로 잘 부탁합니다.

정말로 고마웠습니다.

공부해서 번역합니다.

고마웠습니다.

또 만납시다.

METRODENSO CO.,LTD.

Tomokazu Tanaka

田中 智一

부모님 전 상서

뒤돌아보니 내가 거기 있었네

초판1쇄 인쇄 2017년 7월 14일
초판1쇄 발행 2017년 7월 21일

지은이 | 전소빈
펴낸이 | 김향숙
펴낸곳 | 인북스
등록 | 1999년 4월 21일(제2011-000162호)
주소 | 경기 고양시 일산서구 성저로 121, 1102동 102호
전화 | 031) 924 7402
팩스 | 031) 924 7408
이메일 | editorman@hanmail.net

ISBN 978-89-89449-59-1 03810
ⓒ 전소빈, 2017

값 12,000원
잘못된 책은 바꾸어 드립니다.

이 도서의 국립중앙도서관 출판예정도서목록(CIP)은 서지정보유통지원시스템 홈페이지
(http://seoji.nl.go.kr)와 국가자료공동목록시스템(http://www.nl.go.kr/kolisnet)에서 이용하실
수 있습니다. (CIP제어번호 : CIP2017015970)